蓝莓谷

津子围 / 著

北方联合出版传媒（集团）股份有限公司
春风文艺出版社
·沈 阳·

图书在版编目（CIP）数据

蓝莓谷／津子围著．—沈阳：春风文艺出版社，
2017.12（2022.2 重印）
ISBN 978-7-5313-5381-2

Ⅰ．①蓝… Ⅱ．①津… Ⅲ．①小小说 — 小说集 — 中国
— 当代 Ⅳ．① I247.82

中国版本图书馆 CIP 数据核字（2017）第 331916 号

北方联合出版传媒（集团）股份有限公司
春风文艺出版社出版发行
http://www.chunfengwenyi.com
沈阳市和平区十一纬路 25 号　邮编：110003
永清县晔盛亚胶印有限公司印刷

责任编辑：张玉虹　　　　　　　责任校对：于文慧
本书策划：小小说传媒　任晓燕　装帧设计：琥珀视觉
幅面尺寸：130mm × 185mm　　　印　张：7.375
字　　数：160 千字　　　　　　版　次：2017 年 12 月第 1 版
书　　号：ISBN 978-7-5313-5381-2　印　次：2022 年 2 月第 2 次
定　　价：35.00 元

目录

东部

蓝莓谷

lán méi gǔ

那年夏天小鸥十五岁，打猪草去了后山谷。从小鸥家到后山谷隔了一条小河，河水瘦的季节，踩着石头就可以过去。奶奶摔骨折后小鸥不得不辍学了，打理家事，侍候奶奶。

小鸥有好几年没去后山谷了，走到谷口，他发现以往入山的小径拦了一道篱笆，门口一块立石上雕刻着三个字：蓝莓谷。小鸥想，后山谷大概被包出去，成果园了，不过，以前他从没听说后山谷长蓝莓。小鸥十分好奇地趴在篱笆墙上向里面张望。

"嘿！嘿！"声音从小鸥背后传过来，毫无防备的小鸥吓得几乎坐到地上。小鸥抬起头来，发现一个头发灰白、身材魁梧的老头儿正目光炯炯地盯着他。小鸥告诉老头儿，他住在河对岸的村子里，进山打猪草。老头儿打量小鸥一番，板着脸严肃地说："我警告你，不要打里面的主意！"看来小鸥猜对了，老头儿是看果园的。

进山之后小鸥的心情并不愉快，自己长得像偷蓝莓的人吗？他甚至都不知道这个季节里蓝莓是否成熟，那个老头儿真是令人讨厌！不想，接下来的事情加重了小鸥和老头儿的对立情绪，再进山时，小鸥发现篱笆墙上加了块醒目的木牌，牌子上写着歪歪扭扭的大字：严禁偷蓝莓。小鸥四下望了望，村子里萧条寂静，山上更是人迹罕见，这块牌子显然是给他立的。小鸥心想："哼，既然你公然挑衅，那咱就斗一斗吧，我不信你能看得了这么大的园子。"

小鸥安置好打满猪草的篮子，从一处树林茂密的地方摸进果园。其实那个园子并不大，山脚有一处民房，沟塘两侧种植蓝莓。蓝莓树不高，一垄垄如茶树一般。小鸥蹲下来，他发现那些蓝莓叶子下还真的结了果实，靛蓝的浆果上浮着白色干粉。"站住！"随着一声大吼，看园老头儿从一棵树后现出了身影。小鸥撒腿就跑，老头儿在后面追着："哪里逃！你给我站住！"他们两人在园子里追逐着，小鸥跑不动了，手扶大腿呼哧呼哧大口喘气，老头儿和他相隔十余米，也弯着腰喘粗气。

起初，小鸥并没想摘一粒蓝莓，他只想作弄作弄那个老头儿。奇怪的是，去蓝莓园和老头儿"斗法"成了打猪草之余的趣事，因为无论小鸥从什么地方进果园都能撞上老头儿，好像老头儿预先设了埋伏一般，这样反而激发了小鸥的斗志，他动了不少脑筋，比如把衣服挂在甲地，从乙地进入，比如头上身上用树枝伪装起来，可是，刚刚进入果园，老头儿就在不远处现身了，大喊："站住，这回看你还能不能跑掉。"小鸥还是跑了，他终于发现：老头儿根本追不上他。

小鸥开始轻松地作弄起老头儿了，他大摇大摆地进出，反正老头儿追不上他。不想，老头儿制作了一个带绳索的竹竿，有点类似套马杆那种，大意的小鸥还真被套住一次，可惜那个绳索不结实，一拉就崩断了。

这期间，小鸥还是尝到了蓝莓的滋味儿，他捡的是落在地上的蓝莓，捡蓝莓时他想，这老头儿真不善良，宁肯烂在地上也不给别人吃。小鸥拿落地蓝莓给奶奶，奶奶刨根问底，小鸥撒了谎，说蓝莓谷的老头儿给的："你看都是熟透的，不吃也烂了。"奶奶相信了，说蓝莓真好吃！

后来老头儿又发明了大弹弓，那个弹弓有点像古代的弩，追逐过程中，小鸥左躲右闪蛇形跑动，老头儿的弹弓总也射不到他。下大雾了，小鸥要上山打猪草，奶奶劝说也不行，其实小鸥心里惦记着蓝莓谷的老头儿，他想，这样的天气总不会再撞见了吧。这次进园小鸥没捡落地果，他开始摘树上的蓝莓。"好小子，你又来了，这回看你能跑哪儿去？" 突然，传来老头儿的声音。大雾三米内见不到人，小鸥一边躲闪一边咯咯笑，影影绰绰地和老头儿捉起了迷藏。

阴雨天里小鸥也忍不住要去蓝莓谷，这次他被大弹弓击中了，先是惊了一下，后来发现那个弹丸是胶皮的，就肆无忌惮地和老头儿在园子里绕开圈子。老头儿跑不动了，远远地落在了后面。小鸥路过农舍，透过窗户发现屋里有三台电脑，小鸥拉开窗户，看到电脑连接着果园四周的监视器，电脑旁边还有一张手绘图，上面标着红色指示箭头和密密麻麻的黑色小字。小鸥狡黠地笑了。

那天晚上天晴了，小鸥突然想到，蓝莓树可践踏得不轻，第二天早晨，他就摸进园子里扶那些倒掉的蓝莓树，这次老头儿没有出现，小鸥已经知道监视器的盲点在哪里了。

小鸥和看园子老头儿斗法、追逐了整个夏天，山里树叶泛黄飘零时，父亲把他接到遥远的省城插班就读。一天，工装上沾着水泥灰的父亲急匆匆来到学校，严肃地问小鸥蓝莓谷的事，他紧张得要命，不知从何说起，后来他知道，蓝莓谷的老头儿去世了。老头儿不是看园子的，而是蓝莓谷的主人，早在七年前就患了癌症。老头儿去世前留下遗嘱并做了公证，他将蓝莓谷送给了小鸥。

zhèng　　　rén

证　　　人

华子正在吃早饭，母亲拎着熨好的衣服过来，看见桌子上的及第粥原封未动，不满地数落起来，你怎么还没吃粥？华子说我又不是参加考试，吃这个干吗。母亲说，当年你参加高考，不是一考就中了？今天去法庭，图个吉利！华子看了看大碗里漂着油星的肉丸、大肠和猪肝，没吃就已经反胃了。

母亲坐在华子对面，看来她要紧盯着华子，监督他吃下去了。

堂屋大门敞开着，门外小雨淅淅沥沥。一只公鸡和五只母鸡躲进屋子里避雨，空气中弥漫着腥气。母亲嘟哝着，你爹都烧了七七了，法庭总算有了消息，如果法庭没动静，外人还不知道怎么看熊咱家呢？杀父之仇，换了西塘吴家老二，早拎着斧头去砍人了……妈不是鼓动你胡来，可你也太软弱了，当了几年小学教师，一年比一年文，一年比一年弱。

华子尝试着吃了一个肉丸，不想，腻在食管中间就不肯往下走了。母亲很不高兴，用筷子猛地敲打着桌子。地上的几只鸡吓得四处乱窜。

华子说：妈，我今天去对簿公堂，爹说过，宁愿站着死也不跪着生，您尽管放心吧！母亲眼里流出泪来，她说魏强那个天杀的，头顶生疮，脚下流脓，十里八乡谁不晓得他是个赖头。政府都拿他没办法，咱小百姓还不任由他欺负？这回你爹冤死在他手里，只能你出头给那个死不瞑目的老头子讨个公道！

华子说我知道。

华子出门时，两只公鸡在院子里斗了起来，鸡冠子耷拉着，一头血红，可它们脖子上的羽毛还支棱着，哪个都不肯认输罢休。

在县法院门口，郝律师从轿车里移出了胖墩墩的身子，主动和华子打招呼。华子气喘吁吁地问郝律师，我没来晚吧？郝律师说没晚，开庭还要等一会儿，趁这工夫，我再和你说一说赔偿的事儿。华子问，数额有变化吗？郝律师说有变化，增加了八万。见华子用疑虑的目光瞅他，郝律师说，精神损失费原来是两万，现在十万，我们按上限提……不瞒你说，魏强那边托人找过我，他们的意思，刑期短点，钱可以多赔。华子瞪大眼睛说，想用钱来买刑期呀？门都没有！郝律师说华子你放心，他们买通不了我，你也知道，我对魏强也恨之入骨，这十来年，我参与他不少官司，窝心上火十来年了。我提高精神损失费跟刑事没关系，该判刑判刑，该拿钱拿钱，一点都不能便宜他。

这样，赔偿费就四十多万了吧？华子问。郝律师说四十一点五万。你看一下……说着郝律师拿出笔记本，指点着对华子说，丧葬费、被抚养人生活费、死亡赔偿金、精神损失费……这是合计……华子思忖着问，刑期能判多少呢？我看法律规定最高三年。郝律师说不、不，魏强是全部责任，醉酒，逃逸，情节严重，法律规定是三至七年。

华子叹了口气说，如果我爹有过错，那会怎么样呢？郝律师愣了一下，他说你爹有啥过错？一个老人大雨天过马路，他是弱者，他没有过错。华子说假设，假设他也有过错呢？郝律师看了看华子，低下头说，那就要大打折扣了。刑期吗？华子问。郝律师说不光刑期，赔偿金也大打折扣了。

华子沉默了。郝律师摁了摁华子单薄的肩膀，他说一会儿你要庭上做证，万万不可意志松懈，心猿意马……华子，你是受害人，不要怕他，不要好人怕坏人！我们要用法律的武器惩罚犯罪，讨回公道。

开庭了，法庭里的人并不多，没有魏强那头壮声势和闹事儿的人，这出乎郝律师和华子的预料。天阴起来，尽管大厅里的灯都开着，整个法庭还是显得晦暗。双方律师开始陈述，华子瞥了一眼窗外，精神开始溜号。

出事那天下午父亲出现在小学教室窗前，他穿着修补过的黑色雨衣。华子从教室里出来，问他，爹，你怎么来了？有事儿吗？父亲说没事儿，就是想来看看你。华子愣了一下，他说我天天回家，又不是不见面……父亲没说话，只是死死地盯着华子看，仿佛一眼没看住华子就消失了一样。华子说爹，没什么事儿我还要回去上课，还有，你回去时小心一点，下雨路滑。爹点了点头，见华子转身，又补充说，华子，爹跟你说两句话，你爹没本事，你没借爹的光，你娘也没跟我享福，你知道，爹剩下的日子不多了，如果爹走了，你要照顾好你娘！

华子下班回家，爹还没回来，他打伞外出去找爹，找到十点半也没找到，再后来听到的就是噩耗。那个雨夜，魏强从经常出没的酒店出来，酒后驾车，快速拐过有监控的路口时，迎面撞到一个黑色的物体，车冲上人行道才停住。魏强冒雨下车，大概发现人已经死了，他见四下无人，慌乱中驾车逃逸了。

除了事实，华子的脑子里还拼出了另一个画面，确诊癌症晚期之后，爹就开始精心谋划这起事故了。这个事故成立是有前提条件的：一方面，选择车祸的方式，是因为这个方式可以获得物质补偿，以至他离世之后还可以给他和娘留下一笔财富；另一方面必须有明确的嫁祸对象。父亲是个好人，他不会有意去害人的，恰巧魏强是他的仇人。当年老房子动迁，乡政府动迁补偿协议是九万元，魏强找上门来，要给十二万，强行让父亲签字画押转给他，他耍赖打横，从政府那里赖了二十万。答应给父亲的十二万却迟迟不兑现，拖了两年才给八万元。父亲窝囊了一辈子，一口气憋在心里出不来，他用尽生命最后的能量复了仇，完成一次人生的壮举。另外，魏强天天在酒店歌厅里厮混，时常酒后驾车，横冲直撞。于是，一起致人死亡的交通事故在雨夜里发生了，华子家作为受害者将得到几十万的补偿，而魏强也将受到法律审判，还得蹲监狱。问题是，这个案子也有疵点，比如父亲的主观意图，被撞和故意被撞的性质是不同的，父亲那天下午去学校看他，说了什么只有他自己知道，这样看来，疵点掌握在华子一个人手里。

轮到华子做证了，他凝视了国徽好一会儿。

华子说，我要向法庭陈述另外一些事实，事故当天下午，我父亲去学校找过我……法庭哗然。郝律师焦急地站起来，不顾程序地向华子提醒道：华子，你要维护法律的公正啊！华子冷静地说，我就是在维护法律的公正！……华子眼睛里噙满了泪水，他说，我是一名教师呀。

救　赎

荧光粼粼的夜里，玛农路过旧物箱时突然被撞到，他吓了一大跳，拉开距离后，发现一个年轻人脸上挂着歉意。"非常不好意思，我叫晓菲，在 47 层工作。"对方说。

玛农和晓菲就这样认识了，晓菲还送给玛农一支手工雪茄，晓菲说，这个味道好，可惜容易灭火。

玛农和晓菲都是这座大厦里的程序员，整天跟代码和数字打交道。应该说，大厦里的程序员大多都有自己的愿望，为了实现自己的愿望，他们没日没夜地工作着，将枯燥乏味、机械重复的劳动换成了数字化的 E 币。随着行市水涨船高，实现愿望的堤坝也越垒越高。在晓菲送给玛农雪茄的一瞬间，玛农想到，晓菲大概也是个特例吧，他应该是没有愿望的，挣了钱就消费了。

玛农把他的判断讲给晓菲，晓菲笑了，他说我给你"yes"，我就是挣一个花两个的主儿，不像大楼里那些家伙，都有愿望……你呢？玛农说我和大楼里的家伙不一样，我没有要实现的愿望。晓菲咯咯地笑，他说那你跟我是同类喽。玛农说我跟你也不一样，我从不花 E 币……我是说，我攒 E 币不是为了买愿望，当然，也不花 E 币。晓菲将鼻尖下的雪茄烟拿开，他说那你真是个特例。

玛农想了想说，主要是，我不知道用它干什么。

漫长的冬天来临了，玛农回到大厦时已经冻得瑟瑟发抖，他连忙跑进电梯间，仿佛那里的灯光还散发着温暖。

电梯上到 47 层，丁零一声提示音后，两扇门缓缓对开。玛农抻长脖子向外看了看，没有人叫电梯，不过，玛农听到隐隐约约的哭泣声，他有些好奇地走了出来，电梯门在他身后关闭了。接着，身后传来电梯移动的牵引声。

玛农回头看了看，又向楼道里看了看，本来他想再摁上行键，那个声音又若隐若现，游丝一般钻到玛农耳朵里。玛农没有拗过自己的好奇心，在昏暗的走廊里寻找起来。到了走廊尽头，玛农发现晓菲坐在窗台上。

"下雪了！"晓菲说。

玛农向窗外望了望，天空中并没有雪花，向下面看看，才看到房顶白色的积雪。

玛农说，我听到了哭泣声，是你吗？晓菲说让你见笑了，我也不想这样，可还是没忍住。

于是，晓菲向玛农讲了他哭泣的原因。晓菲说其实他也有愿望，每到下雪的时候他就想起自己的愿望，发誓要拼命地工作，攒够了 E 币去兑换愿望。"我的愿望是进到小璇的梦里，告诉她我真正的死因，她和她那个世界对于我的死亡下的定论是错误的，还有，我爱她！……可惜，我没有常性，过几天就把自己的誓言忘了，贪吃、贪玩，一年又一年循环往复。"

玛农明白了，他说其实你和大厦里的家伙没有什么分别，只是你的定力差了些。

"可是，我……你有什么办法可以解决吗？"晓菲可怜兮兮地问。

玛农沉吟一下说，我也不知道。

玛农转身走了，他身后传来晓菲嘤嘤的哭泣。

玛农走到走廊拐角处，他转回身来，大声对晓菲说，我帮你一次……用我的 E 币吧！见你的小璇。

大概是下半夜，玛农觉得桌子边冷飕飕的，他侧头看了看，发现跪在椅子边的晓菲。"这么快就回来了？"玛农问。晓菲没说话，不停地给玛农叩首。

"不用客气。"玛农说，"我和你说过，我不知道怎么花那些 E 币，你实现了愿望就好。"

晓菲咧了咧嘴，小声喃喃："真对不起，我的愿望没实现。"

"可是，我已经给你足额兑换了呀。"

"不是你的问题，我已经上路了，可是到了小璇的家里……我被吓回来了。"

"都说人怕鬼，你怎么还怕人？"

晓菲说我是个胆小鬼，胆子小是天性，跟是鬼是人没关系。

玛农重重地叹了口气，他说那我就没办法了。

晓菲说这回我下定决心了，我一定好好工作，一个 E 币也不花，一定攒……

玛农说你不用还我，那些 E 币是我送给你实现愿望的，不是借的，你攒够了 E 币，去实现你的愿望吧。

晓菲说谢谢，不过，那可要十年八年的，不知道小璇是不是早就把我忘得干干净净。

玛农沉默了，最后说一句："加油吧！"

转眼又一年过去，看到漫天飘飘扬扬的雪花，玛农突然想起了晓菲，想到晓菲他又刻意阻止自己去想，他觉得晓菲很麻烦，问题是"麻烦"在特定的环境里——在呆板、枯燥的日子里也成为一种意义。

玛农决定去找晓菲，找晓菲的代价不小，可能会让他从此口袋空空如也。

玛农和晓菲攀附在大厦的玻璃壁上，一边是深邃的苍穹，一边是万家灯火，风从身边滑过，发出轻微的啸音。

玛农说我找你是想再帮你一次。晓菲说我都不好意思见你了，我做得不好，非常惭愧。"不过，"玛农说，"这次我不给你买愿望，我准备替你去实现愿望。"

晓菲愣住了：你替我去实现愿望？

玛农说是呀，我充当信使，我进入你的小璇的梦里，把你要告诉她的那些话原封不动地转告她。

晓菲说这样好，可是，小璇会相信吗？

玛农说你要把只有你们两个人知道的秘密告诉我，这样，她才会相信我。

晓菲眼睛里隐含着泪水，他说也只能这样了，谢谢你！

玛农用仅有的 E 币兑现了一次愿望，他被推送到穿越阴阳两界的通道，恍惚中进入到一个温暖的房间里，看到床上安详地躺着一个女人。

玛农刚要唤醒那个女人，他发现那个女人不是晓菲的小璇，泪水立即模糊了双眼——他进入到了母亲的梦中。

安 东

ān dōng

不知道跟闲了有没有关系，反正近期同学聚会挺频繁的。大学同学聚完了，中学同学聚，现在又搞小学同学聚会。老董是小学同学会的发起者，答应出钱置办酒席，制作纪念册。小时候老董属于被白眼那类的，现在，在小学同学中比较，应该算混得不错，土豪级的。老董给几个还有联系的小学同学打电话，让每个人分别联络。给我分配的任务是八个同学。我对老董说，别太乐观了，几十年没联系了，模样都记不得了，名字也叫不上几个。老董说一个联系一个不就都联系上了吗？反正你的任务是八个。

　　我试探着联系了一下，完全出乎我的预料，大家参与的热情都很高。一个传一个，三天时间就完成八个指标。老董给我打电话，他得意地说："怎么样？还是我有判断力吧，咱这些同学到了退休年龄，孩子大了，成家的成家，立业的立业，大把的时间可以用，没有不想聚一聚的。"我说："不管怎么说，我的任务算是完成了。"老董说："咱班五十五名同学，除了一个去世，两个在医院住院，只差安冬和马丫两个人，谁都联系不上他们……这个任务还是交给你吧，小时候你和安冬的关系不错，你应该有办法。"

　　小时候我和安东是邻居，总在一起玩。马丫家离我们也不远，她家在运动场后面的部队大院，那里整齐排列着四栋五层红砖楼，周围是高大的白杨树。我想应该是小学四年级的时候吧，马丫突然辍学了，同学们传说马丫得了非常恐怖的病——成了吸血鬼，白天不能见阳光，夜里才脸色苍白地出现在窗口，不知道是透透气还是寻找目标。当时，同学中关于马丫的传说很多，后来越传越神了，我心里有些难过，想象不出我们班里最漂亮的女孩儿居然成了吸血鬼。

有一天，安东上午没来上课，课间操时同学们悄悄议论，说安东偷偷去马丫家，给马丫提供鲜血。我听得后背发冷。安东出现在教室门口，也许是受到暗示，我真的记得安东的脸色显得苍白。

那年寒假安东和我在一起玩的时间少了，一个阴冷的雨天，我尾随在他的身后，还真见到他去了马丫家，从那之后，我几乎断绝了和安东的往来，具体原因说不清楚，也许是恐惧吧。

后来父母去支援三线城市，我也转学了，直到大学毕业之后才又回到了童年的城市，安东和马丫却消失在我的记忆里。

令我觉得意外的是，小学同学都没有安东和马丫的联系方式，有个同学说他二十年前见过安东，安东和马丫成了家。他说安东脸色灰白像个活死人，后来也联系不上了。我去了童年的窄街，也去了当年的部队大院，那里已经盖了高楼，早年的痕迹一点都没有了。没办法，我只好去派出所寻找线索。这个城市里叫安东的人一共六位，排除各种因素，有一位安东还比较接近，只是出生日期对不上。我记得安东和我同岁，生日比我小，户籍上的安东却年长我两岁。按地址我去找安东，结果白跑了路，那个地址没有安东这个人。由于拆迁频繁，人户分离的情况普遍，我问了能问到的所有人，还是没有得到想要的答案。

聚会约定的日期一天天临近,我一筹莫展。下雨那天中午,老董给我打来电话,约我商量聚会的事儿。一见面我就把我的周折告诉他。老董说他打听到安东的消息了,说有个同学大壮几年前见过安东,安东在环卫队里当司机。老董还说,安东一直和马丫在一起生活。我沉默一会儿,自言自语:"安东太不容易了,这么多年守着一个需要不断供应新鲜血液的人,他的生活一定十分艰辛。"老董说:"是呀,大壮说安东生活挺困难的。"我对老董说:"我有个提议不知可否。"老董直勾勾地看着我。我说:"同学会上建议大家给安东募捐,帮一帮他。"老董想了想,说:"好是好,不知道安东会不会误会了大家的好意。"

我好不容易找到了安东所在的环卫队,负责人是个胖胖的中年妇女,遗憾的是,她也没有安东的电话。"那你们怎么联系呢?"我问。她说安师傅上班很准时。"那我怎么能找到他呢?"她看了看夹在塑料卡上的排班表,说:"安师傅明天早班。"

我从胖女人那里知道,安东两年前就办理了退休手续,仍返聘在工作岗位上。一如我们的猜测,安东的生活的确很拮据,我做了这样一个想象,如果安东拒绝我们的捐助,我就故意把钱丢到他清扫卫生的地方,制造出捡到的意外情境。可是,如果他拾金不昧,把捐助款上交怎么办?我一路纠结起来,打开家门,我突然想到,可以先跟环卫队的负责人说明情况,让他们以奖励的什么方式发给他不就行了吗?唉,人老了,脑筋转得也慢了!

凌晨两点,大街静谧,让人觉得很不习惯。我站在十字路口向大街深处遥望，一辆环卫洒水车出现了，它行驶得十分缓慢，在路灯的映衬下仿佛一朵飘散的蒲公英。

我迎着洒水车走了过去，车在距离我七八米的地方停了下来。

"安东！""安东！"我喊着。

先是车窗里伸出一个头来。"……我是你小学同学呀！"我说。洒水车停下，车门打开。一个健硕的身影从驾驶室里下来，我没有看错吧？是的，是一个健硕的身影。

写作课

教室还算宽敞明亮，只是显得旧一些，如同掉了漆的木盒子，还有就是隔音不好，隔壁教室脚踏琴的踏板声和琴音断断续续钻了过来。

顾老师用手指梳了梳搭在头顶稀疏的长发，挺胸走上讲台，信心十足地微笑着。这是一个阴雨天，学员竟比平日还齐整。环顾一双双期待的眼睛，他清了清嗓子，大声说，今天是个特别的日子，我们的写作课增添了新鲜血液，她就是——顾老师五指并拢指向了后排的角落，学员们转身、转头，齐刷刷地看过来——小迪！

顾老师咯了一口痰，包在手纸里，继续充满热情地说："小迪今年才二十七岁，是我们写作课开课以来年龄最小的一位，大家要呵护好这棵天才的幼苗。今天，小迪将给我们分享她的小说构思，下面，让我们用最热烈的掌声欢迎小迪！"

小迪有些忸怩地走到台前，先是谦虚客气了几句，接着就讲她虚构的小说，她想写的小说叫《阴魂不散》。故事的大意是这样的，一个女孩得了一种怪病住进医院，各种检查都很正常，可她还是头痛欲裂，医生找不到病因，也无法为这个病命名。奇怪的是，一周之后女孩逐渐自愈，同时她突然有了特异功能，可以支配自己的意识钻到任何一个人的身体里。于是，女孩开始随心所欲地周游世界了。她游荡的灵魂先是钻入她崇拜的男明星妻子的身体，尽情地享受偶像的爱抚和激情。曾经在幼儿园工作的王老师说："哎哟，太浪漫、太刺激了。"顾老师说："学员谈构思时最好不要打断。"小迪接着说，女孩享受了性爱之后，她又想到了金钱，她选择一位财富排行榜上的民营企业家，开始随心所欲地大把大把花钱，花到企业家身边的人都目瞪口呆。"花了多少钱呢？"银行保安岗位上退休的李大爷问。顾老师说："具体数目不重要……我不是说过了吗，谈构思时最好不要打断。"小迪接着说，女孩的胃口越来越大，她突然想过一下权力瘾，于是进入一个高官的身体里，主持会议，教训下属，批土地，批项目……当过出租车司机的张师傅大声喊："好，这个过瘾！"顾老师正要阻止，发现下面议论纷纷，三三两两地讨论起来。小迪没想到自己的构思竟能引起这么强烈的反响，她胸部起伏，脸有些涨红。

参加写作课之前，小迪一直在医科大学附属医院药局工作，她从未想过自己得病的问题，一次单位例行体检，发现她身体私密的器官不太正常，深入检查之后，确诊是卵巢出了问题，就是人们常说的，得了不好的病，医生的判断是，小迪活不过六个月。小迪在短时间里走过了意外、惊恐和绝望的心路历程。病休期间，她脸色苍白，神情恍惚，漫无目的地游走，鬼使神差地走进一个童年熟悉的大院，看到了宣传栏里关于写作课的通告。

小迪继续讲她的构思，她说女孩经历了人间的高峰体验之后，她开始觉得美色、金钱和权力都不过尔尔，她的境界慢慢升华，于是，她再进入到富翁的身体里不再是挥霍而是做慈善，将大笔钱用在该帮助的人身上。再成为高官时，她维护正义、主持公道、遵纪守法。最后女孩钻到父亲的身体里，从母亲的角度理解母亲，钻到母亲的身体里，以父亲的角度理解父亲。原本误解、隔阂的老两口开始相互检讨，表达爱意……小迪讲到这儿，教室里传来了哭声，张师傅一边哭还一边用多年握方向盘的有力大手拍打桌子。悲痛瘟疫一般在房间里交叉感染，哭声连成了一片。

顾老师也哭了，他大声问："大家说小迪是不是天才？""是天才！""绝对的天才！"顾老师过来紧紧地握着小迪的手说："谢谢你小迪，你是写作班的骄傲，是我们大家的骄傲，希望你多给我们写好作品，用你创造的精神财富去激励人、鼓舞人、教育人。拜托了，小迪！"小迪十分感动，也泪流满面。

散场了，保安经验丰富的李大爷和洋溢着幼儿般天真的王老师最后离开教室。李大爷说，小迪讲的故事你都听懂了吗？王老师说当然了，你听不懂说明你笨。李大爷说别吹了，我不信你全能听懂。王老师说听懂多少不重要，要我说呀，今天非常有意义，大家都理解顾老师好心肠，都配合得挺好。李大爷说，其实大家也都挺善良的。王老师说就是就是。李大爷突然嘘了一声，跷脚向走廊里瞄了瞄。王老师说，干吗呢，神经兮兮的。李大爷说，小声点，隔墙有耳，尤其不能让小迪听见。

小迪真的相信自己具有写作的天赋，每天都在不停地写呀写呀……半年后，医院催促小迪去复查。结果出人意料，"不好的病"居然不见了，不知道是传说中的人体自愈，还是本来就是诊断有误。小迪虽然在医院工作，那也不敢保证医院就没有误诊的时候。

七年过去了，小迪还在不停地写呀写呀，她并没有写出成就，也没有产生过重大的影响，不过，她没有放弃。

公交车上

华子一直乘坐 15 路公交车上下班，太阳升起出门，太阳落下回家，一转眼十个寒来暑往。地铁开通之后，公交车不再拥挤不堪了，华子也松了口气，对那个混合着浓厚气味的长方形盒子也不那么厌恶了。

　　这天是周五，华子心情不错地上了车。车内照例老年人居多，令他眼前一亮的是，车厢前部竖排的座位上坐了一个女孩，女孩穿淡绿色的裙子，给人荷风清爽的感觉。华子没往车厢后面走，他就停留在女孩对面，一手拉着防晃杆，一边望着窗外。当然，华子也没有完全望着窗外，他用眼角扫描周边的环境，时不时地打量身前的女孩，有的时候甚至和女孩的目光相遇，他显得腼腆而犹疑。

　　离华子相隔三个横排的座位上，老邱从华子上车就注意到了他，他朦胧地感觉到华子也注意到了他，但是华子没走到他身边，而是停留在年轻姑娘的身边。老邱刚坐公交车不到二十天，他坐了十年专车，车改之后才不得已坐公交。老邱认为，华子应该是认识自己的，在偌大的机关里，工作人员他不一定都熟悉，特别是新来的年轻人几乎都不认识，但大楼里的人都认识他，他觉得华子也一定认识他。说起来，老邱对华子也不熟悉，只知道机关里有这个人，应该在业务处工作吧。老邱这样想，华子上车后对整个车厢环顾了好几次，他不可能没看到自己，也应该认出了自己，那他为什么没过来打招呼？按常理，但凡认识的人在一个公共的环境里相遇，都会主动凑到一起，都会本能地"归类"。也许这个年轻人有了误判，认为老邱不可能认识大部分机关工作人员，而且他就在不认识之列。很显然，这个年轻人的判断是不对的。

接下来，老邱的注意力几乎都在华子身上，他发现华子的注意力在女孩身上，女孩不经意地转头，华子都会迎过去，他想跟女孩搭话，却欲言又止。

商业广场站到了，女孩站起来，动作利落地向车门走去，华子有些失望地看着女孩的背影。公交车再次启动，华子这才向老邱注目。华子快速走到老邱面前，笑吟吟地说，领导好，您也在车上啊！老邱不自然地点了点头，也许脸上挂了点笑容，但那笑也是僵硬的。

华子主动向老邱介绍说，我叫方华，在业务二处，大家都叫我华子。老邱对华子说，我认识你，你在机关也很多年了吧。华子说十年。

到站了，华子礼貌地给老邱导引，陪老邱下了车，走到机关大院门口，老邱还回头对华子点了下头，说，再见。

那天上午开一个长会，老邱多次溜号，其中，他回忆了公交车上的经历，华子在女孩面前的样子历历在目。老邱想起一位退休的老领导跟他说过的话，出差最能考察干部，有的时候在一起工作很多年都发现不了问题，出差在一起近距离接触，缺点和毛病就暴露出来了。公交车那个封闭的空间里是不是也一样呢？想到这儿，老邱意识到，华子在公交车里的模样确实有些猥琐，猥琐的背后一定有人品问题，起码是意识不纯洁。

一个月后机关开展中层干部竞聘，华子竞聘业务二处的副处长。华子在台上演讲，老邱在领导席听。实事求是地说，华子的演讲很精彩，远超过很多竞聘者，尽管老邱也认可这一点，不过，同时他又想，很多时候人都表里不一，表达得好不等于思想境界好，说得明白不等于做得漂亮，好在自己没有被表面现象迷惑。说起来还得感谢公交车，公交车上的一个细节让他透视了一个人，细节往往会告诉你真相。

老邱虽然没有一票否决权，但他的权威足以左右竞聘的结果。

没有不透风的墙，华子得知自己晋升机会断送在老邱那里，他百思不得其解。下雨那天，公交车上的华子又想起了老邱，他们之间从没打过交道，他怎么会跟自己过不去呢？对了，华子想了起来，他和老邱在公交车上有过一面之缘。华子开始复原公交车上的一幕，哪天他记不清了，他上车时没有看见老邱，先是见到一个长得像小区外药店里服务员的女孩，有一次买药回家，华子发现自己买的药片从 10 毫克变成了 20 毫克的。本来华子想去药店换药，由于不影响吃药，一来二去就忘了。看到公交车上的女孩，华子一下子想起药店的女孩。从正面看女孩就是药店的小服务员，可从侧面瞅又有些不像，华子本想问女孩又怕认错人尴尬，不问又觉得错失向女孩解释的机会……女孩下车之后，华子发现了老邱，他立即走到老邱身边，主动问候、说话，还礼貌地护送老邱下车。

华子无论怎么想，都觉得自己没有得罪老邱。

说 事 儿

华子正在桑拿的热水池里泡澡，服务生告诉他手机响了。华子随口说，你给我拿过来！服务生瞅着他笑，他想起钥匙还套在自己手腕子上。

过去有些年，华子是个大忙人，就是洗澡的时候也有业务要谈，近一段时间十分萧条和冷清，有时候一天都没一个电话，尽管如此，华子还是保持原来的习惯，手机没同衣服一起放存储柜，而是放在浴池的便利箱里。

电话是包老板的助理小宋打来的。小宋问华子在本地吗？华子说在呀，有事儿啊？小宋说不是我，是我家老大找你，让我问问你在不在，他好像要请你吃饭。请你吃饭？华子愣了一下，包老板起码有一年没和自己联系了，怎么突然想起我了？华子连忙说好哇好哇，代我谢谢老包！放下电话，华子对自己不太满意，觉得自己没控制住兴奋的心情，过于草率地答应了。按理说，华子起码要问问包老板为什么事儿请自己，包老板那样精明的商人不会闲着没事儿找你吃饭的。

华子光溜溜地从池子里出来，跨过池子沿儿时脚下一滑，手机也从手里飞了出去。好在手机没落到池子里，但落到地面瓷砖上的手机也浸满了水。华子对服务生喊，手机进水了，快给我拿条干毛巾。服务生走了过来，对华子说，手机进水要立即关机，最好用电吹风吹干。

那天下午，华子庆幸自己没开手机，都是天意，他这样想。如果包老板的助理打来电话约定晚上就吃饭，那他就没有思考和回旋的余地了。

华子的名片上有很多"职业",实际上那些都是虚衔,华子靠帮人办事儿赚钱,好听点说属于自由职业者。按当地的话说,他干的行当叫"说事儿"。过去那些年,华子非常忙碌,也很抢手,谁家孩子上学找学校,老人生病找大夫,学生毕业找工作,车被扣了找交警,人被抓了找刑警,欠款官司找法官,工程项目找领导,甚至死人烧第一炉找火葬场的关系都少不了他的身影,他就是扑克牌里的"混儿",无论哪种牌法儿他都成了"能张"。

任何事儿的兴衰都有周期性,说事儿的黄金时段已经过去,找华子办事儿的人越来越少,找他算旧账的反而越来越多,也就是为以前没办利索的事儿擦屁股。前不久,老李和老王都找他算旧账。前年,老李和老王因货款纠纷打官司,先是老李找了华子,华子收了老李的钱,帮老李在县法院打赢了官司。后来,老王托人找到华子,华子又收了老王的钱,帮老王找市中级人民法院的关系,二审中老王赢了老李。老李不服,又找华子到省里想办法……他俩的官司打了三四年,两人上了船就下不来,"不蒸馒头争口气",最后都筋疲力尽、弹尽粮绝,官司仍悬而未决,其实是不了了之。谁想,老李和老王打官司,两家的孩子却认识了,转来转去还谈上了,在两家的阻止和高压下两人来个先斩后奏,不得不补办了婚礼。老李和老王也才坐在一起,讲起杀敌一千自损八百的官司,两人喝得酩酊大醉,抱头痛哭。酒醒之后,老李突然想起什么,问老王找华子的经过,老李也讲了找华子的经过，两人如梦初醒，骂华子混蛋，一起去找华子算账。当然，华子是不会认账的，仿佛魔术铁箱脱险一般，摆脱老李的缠功和老王的八卦掌，将老李和老王的电话加入黑名单，与他们展开了持久的游击战。

想到包老板，华子心里咯噔了一下，会不会也是找他算旧账的？两年前一个雨天里，也是包老板的助理给他打的电话，华子信心满满地去赴约。包老板在游船上请华子喝酒，一个充满诗意的场合谈论的却是实实在在的交易。包老板想请华子帮忙，请税务局刚刚退下来的稽查科老毛当他公司的财务顾问。包老板塞给华子一万块钱，说，如果事情办成了，给你这个数。包老板伸出三根手指在华子眼前晃了晃。华子情绪高涨，发誓一定把事情办好。那天晚上，华子真是"酒逢高兴千杯少"，下船时扶着湖边栏杆连呕带吐，不知道那里的鱼儿是不是也醉了。

醒酒之后，华子觉得自己不该草率地打包票，包老板之所以找他帮忙请毛科长，一定是在毛科长那里碰了壁，不难办是不会花那么大的代价找他"说事儿"的。华子从侧面一打听，正如他预料的那样，包老板找了很多人做毛科长的工作，毛科长始终都没答应。大概毛科长也预料到包老板的意图，还有一种可能就是待价而沽。毛科长是税务局里的"业务大拿"，什么猫腻都逃脱不了他的法眼，那些年老包在毛科长那里也吃了不少亏，他所以不计前嫌请毛科长无非是想"师夷长技以制夷"，且不说利用老毛的余威和人脉关系，仅避税的技能也足够老包用的了。华子没有正面去和毛科长接触，他从毛科长的儿子和老伴身上下功夫，用了差不多一个半月的时间才兑现了承诺。本来，华子以为包老板会摆了局隆重地谢他，包老板没再见他，而是让他的助理将"业务费"打入他的银行卡。及时、足额。包老板的算盘打得不错，可毛科长会全力以赴配合吗？如果毛科长那里出了什么问题，总不至于也赖到我中间人头上吧？

华子从桑拿出来已经华灯初上，他打开手机试着给包老板的助理挂了一个电话。华子说，麻烦你转告包老板，我去西北出差。"不对呀，下午你还说在的。""在是在，我明天早上出发，上午的飞机。""你现在在就行啊……"华子觉得对方的声音从身边和电话两个方向汇聚，他扭头一看，发现包老板和他的助理站在黑色的加长轿车前，将他逮个正着。

华子一直绷紧神经，坐在豪华酒店的桌子旁还咽了口唾液。老包说，今天我要请你喝点好酒，好好感谢感谢你。华子紧盯着老包的表情，猜测老包说的是真话假话。老包说我承认，我当初请毛科长的动机不纯，中间也对毛科长多有抱怨，可一年多时间，毛科长帮我规范了整个财务，算大账我可赚大了，而且，老毛还不要工钱。感谢老毛，也不能把你这位出过力的人给忘了……华子盯着老包，确认老包是真诚的，这才觉得心头一热。说事儿这么些年，还第一次听到有人这样感谢他。

包老板的助理把两瓶酒放到配餐桌上，华子看在眼里，心想，今天一定不能喝多了。

^{zhi} ^{cí}
致　辞

老路一早就去敲高老师房门，他有十足的耐心，每隔几分钟敲三下。高老师睡眼惺忪地开了门，转身向屋里走，老路连忙跟了进去。

老路和高老师在沙发上对坐着，高老师不耐烦地说，说吧，什么事儿？老路没说话，只是唉声叹气。一直到高老师彻底醒了，老路才说，还不是让儿子的婚礼给折腾的，非得让我致辞，老高你了解我，我平时话痨，可到了正式场合，说正经话就不知道说什么了。高老师说，婚礼致辞，无非是那么个套路，感慨这些年对孩子的养育和孩子的成长，感谢亲朋好友来参加婚礼，最后再嘱咐一对新人要学会感恩、互敬互爱、白头偕老什么，大抵如此。老路说哎呀呀，你说得太好了，可惜我一句都说不上来。高老师慢慢叼上一支烟，老路连忙去拿打火机，噗的一下火苗蹿出老高。高老师从老路手里拿过打火机，调小了火苗。老路说，我知道你现在是大文豪了，数着字换钱，可我想来想去，还是想请你帮我写一个稿子……这个婚礼，老同学我都请了，不能在这个环节上掉链子。高老师吸了一口烟，问，老同学都参加？老路连忙点头，我打过招呼了，除了在国外的老彭和在医院的老季，都能参加。高老师瞅了瞅茶几边满满当当的手提袋，斜眼儿说，怎么还带了礼物来啦？老路说请你出马，给你钱你肯定不能要，知道你喜欢喝两口儿，所以就把家里存了二十年的老酒拿来了，不值钱，当年买也就几块钱一瓶。高老师说这不好，老同学之间这样就庸俗了，非常之不好。老路说正因为是老同学嘛，烟酒不分家，算不上收买你。高老师说你这个人哪，让我说什么好呢……算了，说婚礼的事儿吧，我觉得，是该好好讲一讲，别的不说，大家都知道你们两口子为儿子花费了不少心血，省吃俭用供孩子去美国留学，现在儿子学成归来，光耀门庭。老路说，说来惭愧呀。高老师说，我虽然不能雪中送炭，锦上添花还是应该的！老路高兴地站了起来，就是说，你答应帮我写稿子了。高老师说，是致辞。

高老师答应给老路写致辞，老路仿佛完成了任务，忙着筹备别的事儿。离婚礼不到一周时间，高老师主动给老路打了电话。高老师说，老路哇，你不要致辞啦？老路说，你不是答应帮我写吗？高老师说，我写好了，可你一点都不急着要哇。老路说，既然你写了，那我还有什么好担心的，到时候我照稿子念不就行了嘛。高老师说，老路哇，我写的可是赋体。老路没听清楚。高老师解释说，赋是魏晋时期的文体，骈文形式，也叫骈赋、律赋。你不知道我下了多少功夫哇。老路说我还是不太明白。高老师说，就是华丽的词汇，讲究藻饰和用典，四字句、六字句工整，声律谐协，你不早点熟悉文稿，我的心血就白费。老路似乎明白了，他说，是不是有些字我不认识。高老师说应该很多，所以你要多念几遍。老路说你知道我的水平，恐怕……高老师说，你不认识的字用同音字标出来就行了。老路说好吧，只能这样了。

婚礼那天，高老师志得意满地出现在婚礼现场，第十号桌围坐着老同学，很多老同学都跟他打招呼。一个同学问他，听说你给老路写了致辞？高老师微笑着不置可否。另一个同学说，这回老路的脸可露大了，大师亲自上手，那得什么档次呀。忙得一头汗的老路走了过来，拉着高老师去前排二号桌，高老师看了看老同学，说我不能搞特殊化，我喜欢跟老同学一桌。老路没办法，只好任着高老师坐了。

婚礼开始了，司仪的煽情，浪漫的音乐，变幻的灯光。几个过场仪式之后，老路在掌声中上场了。追光也罩在老路身上，老路信心满满地对鼓掌的来宾点了点头。老路从口袋里拿出几张稿纸，突然，老路的脸色变了，半张着嘴巴的高老师的脸色也随之变化，别人不知道，他清楚，一定是老路拿错了稿子。老路又在口袋里翻了翻，脸色越发紫红。大厅里静了下来，众人的目光都聚焦到老路身上。老路向台前的老伴打着哑语，大概没有得到期望的效果。舞台音响师大概意识到出了岔头，调大了音量，一段煽情伤感的音乐回荡在宴会大厅里，老路双手颤抖着拿着稿纸，停顿一番，他眼含热泪举起了稿子。各位亲朋好友，这个稿子不是我、我、我的致辞，是一张、一张欠账单，不知道为什么会出现在我手里。这些年，为了儿子在国外读书，我们夫妻俩在亲朋圈借遍了……本来，我们是没条件送孩子出国读书的，赶潮流，图虚荣，瘦驴拉硬屎……感谢大家不离不弃，还来参加我儿子的婚礼！这里我还要向大家道歉，其实、其实我儿子没毕业……宴会厅里喊喊喳喳议论起来。老路满脸流泪，他说其实你们不说，很多人也都知道的，我之所以今天都说了，就是希望我，还有我儿子能知耻而后勇，把今天的婚礼当作人生新的起点，奋发图强，奋起直追，绝不辜负亲朋好友的信任和期望……台下，不知谁带头鼓了掌，接着，掌声响彻整个大厅。

第十号桌上的人都在祝贺高老师，称赞果然是出自大师的手笔，高老师没说话，一行清泪倏地落了下来。

1974 年 天 空 的 鱼

这个故事是朱余讲给我的，那时我们住图书馆旁的老宿舍，寝室在一楼潮湿的西北角，对门就是厕所。我记得那是一个雨夜，雨打窗户的声音遮盖了厕所里的滴水声。半明半暗中，我看不清朱余的表情，只听到他干涩的声音。朱余说故事是他父亲讲给他的。

我父亲年轻的时候很淘气，常常平白无故地搞点恶作剧，比如他用土黄色的包装纸包一个包儿，那种一斤饼干或者槽子糕或者桃酥的包装包儿，放在马路边。点心包儿放下没一会儿，准有人捡起来，四下张望，或者寻找丢失者，或者查找目击者，然后鬼鬼祟祟地放到自己的背包里或者撩开衣襟藏到里面，匆匆忙忙或者慌慌张张地离开。很显然，那里面没有点心，是父亲放的泥皮儿。那些泥皮儿是泥塘干涸后干裂的一层，很像饼干。拾到点心包儿的人回家（有性急的也许半路）打开一看，自是空欢喜了一场。父亲想象那个场景就肚子一抖一抖地发笑，甚至笑得小肠岔气儿。父亲的恶作剧之所以屡试不爽，主要因为点心是那个年代的稀罕物，要钱要粮票，绝对的奢侈品。

我父亲最高级的恶作剧发生在1974年7月的第一个礼拜天，那天阳光灿烂，父亲去供销社买了一个红烧肉罐头和两棵大头菜。那个时候我父母结婚不久，母亲是护士，新婚三天就随医疗队去支援牧区，一走就是三个月。父亲接到母亲的电报，知道她下午到家，准备晚上包饺子迎接母亲。父亲哼着小曲走出供销社的大门，来到街边，随意地手搭凉棚，看了看热辣辣的太阳，望的时间并不长，等他放下手时，发现身边有两个人也跟着望向天空。

一个龇着黄板牙的矮个子问父亲，你看见什么了。父亲狡黠地笑了，他又开始郑重其事地看着天空。到底看到什么了？另一位满脸青春痘的瘦高个儿问。父亲不说话，只管抬头看天儿。

不一会儿，凑过来十多个人，人们都仰望天空，一边望还一边议论着。看见了，看见了！有人说。在哪儿？有人问。在那儿，你没看见吗？你真笨！哎呀，可真是的，我看见了，看见了！哪儿呢，哪儿呢？

越来越多的人围拢过来，还有老人、小孩和妇女。一个人在父亲身后拍了一下，闪个空儿，你挡住我了。我父亲挪了两步，又听到一个老人喊，别挤！挤什么呀！一个女人喊，你踩我脚后跟儿啦！我踩了吗？别瞎赖呀！男人的声音。缺德！女人嘟哝。

别碰我呀！小伙子的声音。我碰你怎么啦？另一个小伙子的声音。你再碰我一下试试！我就碰了怎么着！……两人吵了几句，就找地方武力解决去了。

我父亲已经悄悄挤出了人群，他走出大约一百米后，回头望了望，发现人群还在仰望天空。

父亲向家走去，笑了一路。

朱余说自那天算起，十个月后我来到这个世界，我父亲给我起的名叫朱鱼，我觉得这个名字够土，上大学之前把它改成了朱余。

毕业后我和朱余天南海北的，联系也少了，可他讲的故事我久久不忘。一个雨夜我给朱余挂了电话，问他，他讲的故事和他的名字朱余有什么关系吗，他一时没反应过来，我复述了他父亲仰望天空的事儿。朱余笑了，他说那天傍晚，母亲回家对父亲讲，供销社门口一群人在看天空的鱼。父亲问母亲，你也看了？母亲说，我不仅看了，而且我还隐隐约约看到了鱼。

我哈哈大笑。

朱余问我，这么晚了给我打电话就这事儿？

我说嗯！

歌　唱

老宋是下雨那天傍晚来找老元的，进门之后就坐在扶手掉漆的沙发椅上，老元坐在他对面的轮椅里。

老宋说，你来三个多月了，下午我才知道你也是日报社的。老元认真地瞅了瞅老宋，点头的同时用征询的口气问老宋，您也是报社的？老宋说我在报社工作了三十八年，八年前退休……您哪年进的报社？老元说我在报社工作四十年，七年前退休。老宋说奇怪了，咱俩在一个大楼里工作那么多年，怎么不认识呢？老元说，我做了二十年编校，又做了二十年一读，我上班你们下班，我下班你们上班，许是没交流过吧！外人不知道一读是份职业，"一读"是报纸印刷出来之后第一个审读员，老宋是老报人，他当然知道。

老宋孩子般地鼓了鼓掌，他说太好了，这回找到老同志了。老元点了点头，他说嗯，以后常来串门。

老宋说重阳节歌咏比赛你找对子了吗？院里让大家自由组合，老马、老牛都找过我，本来要跟他们一组，后来听说您是报社的。老元瞅了瞅老宋，低声说，我唱不好。老宋说你知道吗，我最想唱咱报社的社歌，他们都不会唱。老元想了想，问哪个社歌？老宋的眼神活跃起来，随着拍手的节奏唱道："鲜红的朝阳升起在东方，工厂田野出现青春的身影……"老元沉吟一下，慢慢地说，好像有这个歌，不过太老了。老宋兴奋地拍打老元的肩膀，他说我就说嘛，只要是报社的老人都会社歌。老元摇了摇头。

离重阳节歌赛不到一个星期，老宋每天都来找老元练歌。老元的记忆力严重衰退，总是把两段歌词混淆，有的时候甚至把上句串到下句，后句串到前句。老宋很有耐心，老元唱错了他也不责怪老元，只是发挥表率作用，带着老元唱。老元喝了一口水，有些愧疚地对老宋说，真羡慕您哪，记忆力这么好。老宋说其实我的记忆力也退化了，所以记得牢是因为……老宋神秘地笑笑：因为这个歌是我写的。老元又端起杯喝水，杯沿儿碰到干瘪的嘴唇，停了下来。老元说不对吧，我记得社歌是集体创作的。老宋有些羞涩地用手掌抚摸脸颊，他说名义上是集体创作，实际上我是执笔人。老元将一直悬空的水杯抬高，在嘴边停留着，停了一会儿，还是把水喝到嘴里。

老宋越说越兴奋，他说就是这首歌让他和阿琴结缘的，那个时候阿琴真是太漂亮了，她就端着水杯站在我对面，我呼吸急促，四肢都充满了血。说一说老宋又难过了，他说可惜呀，阿琴走在我前头了，本来说好一起牵手走的，她却先走了，把我一个人扔在这里。老元直勾勾地看着老宋，他说你老婆也叫琴？老宋说叫刘素琴，您见过她吧？笑起来两个眼睛弯弯的。老元用力想着，想的时候神情严肃。

重阳节那天早晨，老元早早就开始收拾自己，他穿上西装，还对着镜子打了领带。老元拿过歌词单子又熟悉了一遍，那个单子是老宋写的，一笔一画，工整的小楷。老元把歌词单放在大腿上，想了想复又拿起，他发现自己的名字在上面，自己怎么成了作者？大概是老宋笔误，不，一定是老宋搞错了。

老宋迟迟没来敲门，老元就把房门开了大半。吃过早饭之后，走廊里才传来令他盼望的脚步声。进来的是院长。院长说元老师，您是不是等宋老师呢，宋老师昨天夜里进医院了。老元说今天我们合唱……老宋进医院了？严重吗？院长点了点头。老元问哪个医院？我得去看他。院长说现在去也看不了，在重症室，过两天如果可以探视了，我会安排的。见老元发呆，院长柔和地说，宋老师叮嘱过我，歌咏比赛让您好好发挥，您一定行，因为这首歌是您年轻的时候写的。老元愣住了，他说怎么可能呢……老宋是鼓励我才这样说的吧！

老元被推出电梯，他还四下张望着，养老院的活动室里布置得花花绿绿，很有气氛，疗养员们脸上也洋溢着喜悦，三三两两地交谈着。老元期望老宋生病是假消失，是他设计好的恶作剧，老宋本来就没生病，没去医院重症监护室，说不准什么时候就突然出现了，给他一个大大的惊喜。

上午九点歌赛准时举行，最先上场的是"向阳花"组合，接着是"长江黄河"代表队，台上合唱的时候，老元的脑海里突然回想起春天的绿色、自行车的铃声、奔跑的青春脚踝、一双弯弯的笑眼……老元眼前的歌词单字迹模糊起来。

院长在台上介绍，下一位参赛选手是205室的元老师，让我们用热烈的掌声欢迎元老师上台演唱。老元被护理员推到台上。老元向台下环视两遍，清了一下嗓子，大声说：我补充一下，这个节目是合唱，是由日报社代表队演唱，我们唱的是《报社之歌》……大厅里瞬间安静下来。

老元开始唱了，他唱得十分投入，几乎忘我，满眼含泪。

南部

辉 煌

每个地方都有体育场，大城市也好，小地方也好，大谭也有一个体育场。老庞是大谭体育场的电工。这一段时间体育场的领导很忙，正筹备大谭县荣升为县级市十周年庆典。当然，筹备这样的活动需要市里领导牵头，成立一个专门的班子。体育场主任小曹是筹备委员会下设分会的一个小组的组长，每次开会回来，小曹都召集体育场的员工开会，不厌其烦地强调这项活动的重要性及意义。"养兵千日，用兵一时"成了小曹的口头禅。

不知道是老庞的工作不重要还是老庞这个人不重要，总之，他被小曹忽视了，开会时点名，从不提老庞。而从老庞的角度来说，他对庆典也不上心。据说，庆典的时候省市的有关领导来参加，可这些与老庞没关系，这段时间，老婆正跟老庞闹离婚，老婆说，将熊熊一窝，我也跟着窝囊憋屈，跟你实在是熬不起了。老庞没什么话讲，他知道自己老实过了头儿，除了本分地工作，从不知道要什么争什么。

老婆一闹，老庞的心里还是发生一些变化。老庞想是呀，自己是体育场的元老了，小曹还曾经是自己的徒弟，可那小子会看眼色，弯弯肠子多，三折腾两折腾，体育场改革时当了头儿。徒弟当了头儿该照顾一下师傅了吧？事实并非如此，小曹心里根本不装老庞，一年也来不了电工房几次。体育场虽然是公共设施，平时很多活动却都是收费的，不收费怎么办？体育场那些员工也要吃饭哪。那几年，小曹忙着搞创收，把体育场的裙楼租出去，租用最多的是刁老板，刁老板和小曹熟稔，就让自己的侄子小刁进了电工房。小刁是临时工，待遇却比老庞好。老庞曾就此问过小曹，小曹说庞师傅哇，都啥时代了你还正式工临时工的，现在都一样了，清一色聘用！老庞就没话讲了。

老婆走那天，老庞喝了点酒，他背着手去了主任的办公室。老庞问小曹，你是不是见了老实人不欺负有罪？小曹一时没反应过来。老庞问，为啥小刁的奖金比我多？小曹明白了，他说庞师傅，你眼睛不近视吧？没见我正忙大事吗？哪有时间管你那些鸡毛蒜皮的小事儿，等忙过庆典再说吧。老庞想说什么，事先准备的一串话都憋了回去。

小曹去市里开第二十八次筹备会议，回来传达时要求相关人员瞪起眼珠子，每项工作都要严格细致，比头发丝还细。比如，会场桌椅摆放要编号，麦克话筒的位置要提前做好标记，曲子之间的衔接要反复操练……"绝对、绝对要万无一失！哪个人出了问题，我让他吃不了兜着走！"小曹说。

庆典活动进入了倒计时，总务开始给员工发"套装"，套装的颜色很鲜艳，样式也不错。一些人知道那些套装只是活动当天穿，所以就按家人的尺码挑选，挑来挑去，剩了最后一套给老庞。老庞回家，好不容易把衣服套在身上，一弯腰，刺啦，裤子开了线。

老庞找总务，总务不管，他只好去找小曹，小曹说庞师傅，你是不是太过分了？越到节骨眼儿你越来事儿，白给你衣服还出毛病啦？你不想要就退回来，反正庆典那天你也不出场。老庞被小曹顶了回来，心里觉得很憋屈。

更让老庞憋屈的是，庆典的头两天，总务又给员工发了太阳帽和三角旗，老庞等到下午也没人给他，他找总务问，总务说名单上没你。老庞哽住了。老庞知道那两样东西不值几块钱，可他还是哽住了。

庆典那天上午老庞和老婆办了手续，中午他喝得满脸通红，在体育场门口，碰到陪同领导现场检查的小曹，小曹厌烦地瞪了老庞一眼，继续向领导汇报："没问题，没问题……现在可以说是万事俱备，只欠东风了。"老庞回到电工房就睡了起来。等他醒来，体育场已是人声鼎沸，锣鼓喧天——庆典开始了。

市领导主持会议："下面，我宣布，大谭市成立十周年庆典……"话音儿还没落到地上，全场突然一片漆黑。老庞摸索着起来，他知道，一定是电的负荷太重线路出了问题。早在三个月前，老庞多次向小曹建议要更新配电室的线路，小曹没理睬。"现在好了！"老庞说。

体育场一片嘘声，没多久，小曹、小刁等人跑了进来。小曹声音颤抖地问："怎么啦怎么啦？"老庞说我不知道。"那你还不快点检查检查？"老庞说小刁不在你身边吗？他比我重要，挣钱比我多，还是让他检查吧。小刁头上的汗立刻就下来了，他只是个摆设，什么都不懂。小曹瞪圆了眼睛："老庞，我看你是不想干了。"老庞慢慢地说，关我什么事儿，也不是我弄坏的。小曹这时才知道问题严重了，他转换了口气，哀求着说，庞师傅，求你了。老庞不说话，闷头抽烟。小曹急了，嗵的一声单腿跪在老庞身前，说，你总不能见死不救吧？

　　筹备了几个月的庆典晚会停电十六分钟，这件事儿成了大谭的重大新闻，现在的新闻很多，不知道为什么，人们十分乐意议论和传播这个新闻。只是没几个人知道停电的原因，也不知道老庞终于"辉煌"了一次。

2003 年 7 月

xiǎo zhàn

小　站

老秦在小站上当了十六年的警察，他属于铁路警察，责任区很窄，流动性却很大。小站就像一个电影院，一列客车就是一场电影，"电影"上演时，20世纪30年代建的"票房子"内拥挤喧嚣，落幕散场，小站冷冷清清。暑往冬来，老秦习惯了轰轰隆隆的机车和南腔北调的旅客，习惯了煤气与体味及携带食品混合的气味，他也由威风凛凛走来走去、四处投射警惕目光的小伙子，变成了行动迟缓、目光懒散的中年人。

下雪那天老秦当班。早晨老婆和他吵了一架，明年女儿就上中学了，老婆不想让女儿在小镇上读初中。老婆说，我可不希望女儿像你一样没出息，一辈子囚在这个小地方。老秦不喜欢听这样的话，他说当初还不是为了你，我才来这个小站的。的确，老秦从警校毕业时，完全有机会留在路局，至少可以留在大站，为了照顾妻子的身体，他来到这个小站。老婆说你还好意思说，当初我嫁你，还不是想离开这个小镇。老秦说别想得那么简单，说离开就离开呀？你的接收单位好找吗？有房子住吗？老婆说那要看你追求什么，你想都不想能有机会就怪了。老婆饭也没吃，带着女儿乘早晨六点的火车去了城里。

老秦接班之后就是一趟长途过站车，车还没进站，十几个大包小裹的农民工就簇拥在检票口，他们大概知道这趟车停车的时间很短，就争先恐后，唯恐上不了火车。老秦知道那些人是种貂场的雇工，打了一年的工，该回家过年了。由于心情不好，老秦开始找他们的碴儿："你们几个，过来！"农民工们你瞅我我瞅你，目光里隐含了恐惧。"说你们呢，你，穿夹克的……把包也带过来！"穿皮夹克的青年迟疑地走了过来。"把包打开！"老秦的话很平静，一点都不高调门，可平静之中透露着更大的威严，仿佛他已经洞察了一切。的确，在一个逼仄的空间里用了十几年的"警察眼睛"，老秦练就了一双火眼金睛。"皮夹克"打开背包，尽管他不愿意，可还是被老秦在夹层里翻出了两块小貂皮。老秦一手按着枪套，一手对农民工们指点着："看到了吧！你们自己动手，把不该拿的东西都拿出来。"农民工们像煮菜的锅开了，闷声发泄着不满。"皮夹克"解释说，这两块貂皮是场主发不满工资，顶账的。老秦当然不相信他的话，命令农民工把隐藏的东西都拿出来。这样拉扯期间，火车进站了。老秦不放他们，他们当然不敢离开。车开过去了，农民工也和养殖场的场主联系上了。"一场误会。"场主在电话里说，"不过，还要感谢您，您很负责任。"老秦有权检查，农民工也觉得警察检查他们天经地义，他们不敢怀疑老秦的执法。尽管他们错过了火车，改坐下一趟车，那趟车需要倒车折腾，车票也出了问题。可事情毕竟搞清楚了，他们反而觉得十分庆幸。临走，"皮夹克"还递给老秦一支烟说，我理解，这是你分内的事。

老婆下午五点来了电话，老婆告诉老秦事情有眉目了："你猜怎么着？我碰到你一个同学，他正好在育才中学当教务主任。今天晚上我们就不回去了，明天要面试。你同学说了，面试也就走个形式。"放下电话，老秦不理解，听老婆的声音好像早晨根本没吵过架似的。不过，接下来的时间里，老秦的心情还是发生了变化，晚上吃了两大碗面条，还五音不全地跟着收音机唱歌。

晚上九点是最后一趟客车，老秦例行公事地走出值班室。候车厅里，散落着七八个旅客。这时，老秦一眼就把"吊眼梢"认了出来，那人的眉眼很特别，故作平静的眼神儿游移和躲闪着。老秦走到"吊眼梢"身边，"吊眼梢"故意低头抽烟。老秦知道，"吊眼梢"无疑是个贼，他本想把"吊眼梢"叫到值班室，不过，今天他的心情很好，再说，他没抓到"吊眼梢"犯罪的"现行"，盘问不出什么结果还得放人，转了两圈，老秦就目送"吊眼梢"离开了车站。

"吊眼梢"消失了。老秦想起他刚当警察那年抓过一个扒手，那个家伙也长了一个"吊眼梢"，老秦跟踪他好几天，终于把他抓住送进了监狱。那人被抓时偷了十五元钱、三十斤粮票。那个时候老秦没经验，现在不同了，他觉得他一眼就知道对方是什么货色。

就在第二天下午，养殖场被一个贼血洗了，场主在反抗过程中被刺中了肺部，抬到医院时他满身血气泡，不久就死了。几天后，老秦看到通缉令上的照片，他一眼就认出来，是那个面孔稚嫩的"吊眼梢"。老秦叹了一口气，目光如冬日的天空一样混沌而阴郁。

2007 年 6 月

sǎo miáo yí huài le

扫描仪坏了

一天，我整理资料，发现十年前在一个事业单位工作时的调查材料。原来，办公室买了一台扫描仪，三天就被人砸坏了，总经理认为是办公室内部问题，让我负责调查这件事儿。

办公室一共有五个人：主任老赵，文书小钱，打字员小孙，行政助理小李和秘书小周。我的调查从主任老赵开始。

赵主任，男，五十三岁，在办公室当主任七年。

——扫描仪呢，的确是我主张买的，可买扫描仪的目的是提高办公自动化水平，这一点是没错的。只是让我感到愤怒的是，扫描仪刚买了三天，说明书还没看完就被人给砸坏了。发现扫描仪坏了，我第一个想到的，就是小钱（文书）。小钱是什么人你也知道，当了十几年的文书，人都没水分了，可她的心不老，今天换一套明天换一套的，动不动还美容。就说她上次感冒吧，我做领导的关心她一下是不是应该的？可她对好几个人说……说我暗恋她，向她献殷勤，你说她是不是有毛病？不说别的，就说拉回扫描仪那天吧，没地方放，就把她的花盆挪了挪地方，放扫描仪了。小钱不高兴了，说放那地方不雅观了，影响她走路了，等等，反正就是找碴儿。我上厕所回来听见她在房间里发牢骚，说这个破东西，恨不能把它砸了！我亲耳听到的，绝对假不了。

文书小钱，女，四十五岁，从事文书工作十八年。

——应该调查调查！我这人不怕得罪人，我认为是小孙干的。我不是看不上小孙这姑娘，你说，现在的大学生有的是，搞不懂为什么选了一个职高生来机关。再说了，她除了打字还会干什么？整天就知道臭美，靠的就是一张脸蛋儿，脸抹得跟糊层墙皮似的，香水味儿直熏人。我也不把你当外人（小声地），有一次我和她去洗澡，她身上的灰可多了，还有狐臭，另外，她那个地方……好了，不和你说了。

你问我怀疑她的根据，当然有了。扫描仪是现代办公设备对不对？这样的设备多了不就抢她的位子了吗，抢她饭碗的事儿不是大事儿什么是大事儿？所以她就怀恨在心，把那个扫描仪给砸了呗！……就说扫描仪坏了那天吧，我看到她是最后一个走的。

小孙，女，二十三岁，从事打字员工作三年。

——我不愿掺和这些事儿，我还小呢。非得说不可……我认为是李助理（行政助理）干的。理由？理由很简单，李助理是从司机中提拔上来的，人没文化没水平，心却挺大的，什么都想占有，占有不成就破坏了呗。……要不是赶上这事儿，我是不会说的，就大上个月，他非要约我出来吃饭——别提这事儿多恶心了……他就把车停在我家楼下，你说我怎么办？谁能想到，他的一些狐朋狗友拿我开心，说我是他的情人——恶不恶心！我本来指望他能保护我，谁能想到他还在我身上乱摸！那天我气哭了，不再理他。你说，这事儿我没对领导讲已经给他面子了，可他还个孬休，在背地里讲我坏话，损害我的名誉。……你大概也听到了一些，最可气的是把我说成"二奶"，还说我故意找总经理说话，想勾引老总……恶不恶心！你说我是这样的人吗？是不是推断哪？我这可不是推断，扫描仪坏了那天晚上，李助理是最后一个走的。我敢肯定！

行政助理小李，男，三十八岁，从事行政助理工作两年。

——不用调查了，这事儿是秃头上的虱子——明摆着的，跑了周秘书我名字倒着写。我这人说话直来直去，你别看周秘书在领导面前人模狗样的，其实那小子才阴呢。你也知道，他在办公室当了七八年秘书，老是提不起来。明摆着的，赵主任退休还得几年，也不交流，他能不急吗？其实，我这个人一贯不求上进，他不该认为我是他的竞争对手。就说去年晋升非领导职务吧，本来报我为副科级科员，他怕我和他平级了，将来和他竞争主任的位置，你说他坏不坏，竟上总经理那里说我坏话，你就不想一想，现在还有不透风的墙？怎么样，我照样晋级，他落得个孙子。他为什么砸扫描仪呀，这还用说吗？一个萝卜一个坑，只有搬掉赵主任这个拦路石，他才能当主任。还不明白？扫描仪是赵主任买的吧，出了问题谁负责？具体说，具体说就是，扫描仪坏了那天他最后走的。有必要我可以写证明，我不怕他，惹火了我找人修理他……对，我就这么肯定，说到天亮也是他干的。

周秘书，男，三十六岁，任秘书八年。

——不会吧，我觉得办公室同志们的思想觉悟都挺高的，比如说小钱，工作兢兢业业，爱护国家财产，她绝对不会。小孙这个女孩子也十分单纯，有上进心，她也不会。小李这个人虽然粗一点，但性格直爽，为人正直，也不会。剩下就是赵主任，赵主任是多少年的先进，怎么会干这样的事儿呢？……你的意思是，老总也认为问题出在办公室内部？既是这样，我就讲吧，我完全是抱着对国家财产和事业负责的态度才讲的，讲真话是一个干部应有的品德嘛。这件事儿是主任干的，当然，这也是我们最不希望的。为什么？你大概不知道，赵主任买扫描仪的钱是办公室小金库的钱，按理说，小金库的钱是为大家谋福利的，过年过节买点东西什么的。赵主任用小金库的钱买了一年也用不上两回的扫描仪，其实是谋一己之私呀。现在是买方市场，东西能白买吗？所以问题的关键就在这儿，本来是大家的福利，这样就变成了他个人的"福利"，矛盾不就来了吗？大家背地里议论，这议论也传到赵主任的耳朵里，老赵这人的革命斗争经验多丰富，他干脆一不做二不休就把扫描仪弄坏，转移大家的视线……看没看到哇？具体没看到，可扫描仪坏了那天晚上，赵主任是最后一个走的。这个，没错！

以上就是我调查的结果，一个事件出来五种说法，令我吃惊的是，第三天我听到这样的议论，说办公室的扫描仪是我砸坏的。理由是，以前我在办公室工作过，调到别的科室时我没交钥匙。我对调整工作不满，所以，就把新买的扫描仪给砸坏了。据说，扫描仪坏了那天晚上，有人看见我从办公室里出来，样子鬼鬼祟祟，神色格外慌张。我想了想，觉得这也是一种说法，就把它如实地记在调查材料里。

shǒu jī suǒ shàng le
手机锁上了

罗序刚掏出手机，正准备给韩主任挂电话，发现自己的手机锁上了。问题在于，他并不知道按哪个键可以锁上，按哪个键可以把锁打开。

手机锁上了，罗序刚只好去挂公用电话，他找到朋友韩主任，对他说："我准备和小雯离婚，老兄得帮我找一找街道的人。不求别的，痛快就行。"韩主任也没多问，在以往的交往中，韩主任知道不少他们夫妻之间的事儿。

罗序刚和妻子小雯原本是大学同学，毕业后又都分配在机关工作，虽然不在一个部门，办公却在同一个大楼里。论为人处世和工作能力，单独拎出哪一个都足以称道，两人在一起反而麻烦了。从结婚第二年开始，他们就展开了旷日持久的内耗战，如果一方打败了另一方也好，问题是他们始终处于势均力敌的状态。结婚五年，实际住在一个房间还不到两年。

昨天晚上，他们又展开了大战，房间里一片狼藉。交战的起因是这样的：晚上两人同看一部古装片电视连续剧，一个细节引起了罗序刚的注意，他发现一个配角戴了一块手表。罗序刚认为那个演员戴手表演古装戏不严肃。小雯也注意到那个细节，但小雯认为那个人戴的不是手表，而是手镯子。于是，两人就是手表还是手镯子的问题展开了争论，后来就吵红了脖子，就摔起了东西，直到夜里十二点，两个人没力气了才平静。但是，他们都觉得忍无可忍了，一致决定，明天上午到街道办事处办理离婚手续。

罗序刚给韩主任打过电话，他又挂电话给电信服务部门，他问手机锁上了该如何处理，对方说得带身份证到电信部门办理解锁手续。罗序刚央求了半天也没用。这时，罗序刚的传呼响了起来，打通电话，对方是一个自称姓马的人，他说："我是韩主任的好朋友，听韩主任说你是他的好朋友，这样咱也算是好朋友。你的事儿我正在联系，你别着急，过一会儿就有人给你打电话，你的号码我已经给他了……"姓马的人说完就将电话挂了，罗序刚愣住了。

离开公共电话亭一千米，传呼又响了，罗序刚又返回公共电话亭。电话接通，是一个姓吴的人打来的，姓吴的人说马处长已经给我来过电话了，他是我的好朋友。既然你是他家亲属，没说的，我已经给你找人了，过一会儿就有人同你联系。

罗序刚本想说自己的手机锁上了，想了想，还是咽了回去。

按预定的时间，罗序刚提前两分钟到街道办事处门口，他眉头紧锁，在流动的人群中搜寻小雯的身影。这时，传呼还算及时地响了，他没办法回电话，正犹疑着，小雯出现了，她瞅都不瞅罗序刚，直接走了进去，罗序刚只好尾随在她身后。

接待他们的人姓周，四十多岁。罗序刚报上姓名之后，他对罗序刚的眼神儿挺特别的，罗序刚心里有了底，这说明请托电话已经抵达了。

心里有了底，罗序刚瞅小雯的眼神儿就自信很多。令罗序刚感到意外的是，小雯似乎也十分自信。这时，办公桌上的电话响了，老周拿起了电话："啊，赵主任，好，好……我知道了。"

放下电话，老周头也不抬地问小雯："你叫什么名字？"

"何小雯。"

老周立刻抬起头来，他瞅了瞅小雯，又瞅了瞅罗序刚："你们……是一家的？"

老周的目光在罗序刚处，罗序刚点了点头。移动到小雯处，小雯也点了点头。

老周突然笑了起来，笑够了，老周说："既然这样，我也不瞒你们了，你们俩都找了赵主任是不是？……赵主任分别让我关照你们，也没说关照谁轻一点，谁重一点，所以，咱们就挑明了谈吧。"

罗序刚瞅了瞅小雯，小雯瞅了瞅罗序刚，两人的表情都很复杂。

"我先谈。"罗序刚说，"我和小雯之间，问题主要出在我的身上，我这个人不会关心人，自私自利，比如，我花钱大手大脚，经常在外面喝酒，常常半夜回家。我这人还喜欢漂亮的姑娘，见了漂亮的姑娘就想多看几眼，甚至动动心思。最关键的是，我和她性格合不来，一天一小吵，三天一大吵。我们分居已经两年多了，感情已经彻底破裂。如果不分开，我担心我一时失手了，造成更大的社会不安定。"

小雯说："我和他之间吧，主要问题在我，我也不会关心人，他喝醉酒的时候我从不给他喝醋什么的解酒，我花钱也大手大脚，想买什么就买什么，从来不和他商量。我这个人也喜欢有风度的男人，遇到那样的男人向我献殷勤我也挺受用的。关键是，我和他在一起实在太痛苦了，他在我身边走动、说话、喘气我都受不了，实际上我们已经分居好几年了，如果不离婚，我怕我哪天想不开，趁他不注意的时候，给他水杯里下点什么药，反正不是泻肚药。为阻止这种犯罪念头生长，请您一定帮我们把手续办了。"

老周紧皱着眉头，说："你们真是怪了，别人来离婚都说对方不好，你们却都说自己不好……好吧，现在说说财产分割吧。"

小雯抢先一步说："不用商量了，这个问题我们在昨天晚上已经解决了。"说着，小雯递给老周一个打印的财产分配"合同"，这个不伦不类的"合同"已经签了名，按了手印。

老周挠了挠头，说："真利索！拿结婚证给我！"

罗序刚瞅了瞅小雯，小雯瞅了瞅罗序刚。他们结婚第二年的一次吵架中，小雯撕了一个，在第三年的一次吵架中罗序刚也撕了一个。

老周说："没结婚证你们办不了离婚。"

小雯对老周笑了笑："不能通融通融吗？"

"我想通融也不行啊，这是规定。你们得去办登记的地方补手续……"

"结婚在我老家，离咱这儿一千多公里呢。" 罗序刚有些急了。

小雯大概觉得这样谈下去不会有什么用，就拉了罗序刚一把。出了门，罗序刚和小雯都对老周表达了不满："补结婚证，到底是结婚还是离婚哪？"他们完全站在了一个立场上。他们并肩走出十余米，小雯才觉得不对劲儿，对罗序刚说："不要认为我和你说这么多的话就不离婚了！" 罗序刚气呼呼地说："我也一样。"

这时，罗序刚想起在电视台工作的一个朋友，找他可以问清电视剧里的演员究竟戴了手表还是手镯子。现在的情况是，离婚没有离成，就得和小雯在一起，和小雯在一起，就避免不了这个话题，因为这个话题还没有结论。

罗序刚拿出了手机，准备拨号时想起，手机已经锁上了。

2001 年 1 月

shāng diàn guān mén le

商店关门了

我小的时候胆子很小，胆子小的种种表现我自己并不记得，大多是父亲和母亲谈论出来的，其中最经典的一件事是，每次母亲领我进商店，没走几个柜台，我就会拉着母亲的手，让母亲离开商店，我对母亲说："走吧，商店要关门了。"

很多年里，我一直被"商店要关门了"这句话揶揄着，长辈这样揶揄我，妹妹也这样揶揄我，后来我娶了妻子，妻子也跟我开过类似的玩笑。可气的是，我儿子八岁那年，他跟我去商店，突然拉住我的手，嬉皮笑脸地说："走吧，商店要关门了。"

父亲去世后，母亲变得沉默寡言，而令我担心的是，她的遗忘症越来越严重，每一两个月她都要把自己丢一次，本来计划去银行取养老金，走到银行门口，她忘记自己干什么了，等我们找到她时，她竟然在公园的一个长椅子上睡着了。无奈，我们在她的上衣和裤子上都缝了一个标签，写着我的姓名、联系电话。以至于，一接到陌生的电话，首先跳进我脑海的概念就是母亲。妻子很担心，建议我把母亲的存款接过来，说老人在外面转不安全，脑袋犯糊涂时碰到坏人，让她拿存折她就拿存折，让她告诉密码她就告诉密码，那不麻烦了吗？我坚持认为，有两个不能讨论的原则性问题，第一不能限制老人的自由，不能不让她去户外活动；第二不能要她的存折，钱对她的用处不大，但是根非常非常敏感的神经。

天气闷热那段时间，母亲又丢了，我发动亲朋好友到处去找，派出所、社区委员会、医院、电台……能想到的地方全找遍了，晚上十点，各路人马都会聚到我家的客厅里，不用说话，一瞅表情就知道结果。那一夜，我和妹妹都没合眼，焦虑、愧疚和恐惧藤蔓一般在心头缠绕着。凌晨五点半，我的电话尖厉地响了起来。电话是公交车站调度室打来的，原来，母亲在公交车上睡了一夜，差点把早班师傅吓掉了魂儿。

妻子见母亲的症状越来越重，她和我商量，要请一个小阿姨来帮着料理生活。不想，母亲死活不同意，她的生活方式是年轻时养成的，每一分钱都计算着花。凌晨五点，她就去菜市场买菜，即便是买几毛钱的圆珠笔，她也到批发市场批发。儿子每次喝过的饮料瓶她都收集起来卖废品，谁劝她都没用，没人能改变她的生活习惯。

母亲遗忘症发病的周期不断缩短，她也变得静默和敏感。做事谨小慎微，走路的声音也越来越小，有的时候我起床晚了，一睁开眼睛，见母亲坐在我的床头，脸离我的脸很近，吓了我一大跳。与此同时，她的感情也越发丰富和脆弱，看电视剧跟着流泪，在新闻联播中看到受灾的地方死了人，也跟着流眼泪。星期天，母亲一大早就走了，一直到中午也没回来，我十分紧张，正要发动人去找她，母亲回来了，一进门，她笑眯眯地对我说，现在，我心里好受了。原来，她去给灾区捐款，走了很多地方，耗费了大半天的时间，终于找到了可以捐款的地方。我问她捐了多少。她说两块钱。我不好说什么，只对她的行为做一番称赞。

9月12日是母亲七十岁的生日，生日的头一天我和妻子列了一个计划，白天带她到商店买礼物，晚上给她搞一顿丰盛的大餐，把亲朋好友都叫来。晚宴由妻子筹备，我负责买礼物。

一开始，母亲不同意跟我去商店，我很不高兴，几乎是带着命令的口气逼迫她，她只好跟我去了商店，可到了商店，她又什么东西都看不中，让我伤透了脑筋。我给妹妹打电话，询问该买什么礼物，谈话间我被人拉了一下，我侧身一看，母亲已经把我的手拉住了。此刻，母亲孩子一般流露出怯懦的目光，我呆住了，不敢相信她就是我那一生坚忍、劳碌、不屈不挠的母亲。

母亲嗫嚅着说："走吧，快走吧，商店要关门了！"

2008 年 5 月

zuò kè de fù qīn

做客的父亲

父亲逝世之前，他是母亲的敌人。

在母亲的世界里，父亲既是她的假想敌也是她真正的斗争对象。几十年来，她投放了几乎所有的情感、智慧和精力跟父亲对决，嬉笑怒骂，恩恩怨怨，旷日持久的战争一直持续到父亲离世。

父亲到底是个什么样的人？也许在每个亲朋好友那里有着不同的答案。小时候，母亲时不时跟我和妹妹唠叨和埋怨父亲，在我们的印象中形成了一个"不管家、不关心妻子和孩子"的父亲形象。事实上，我们和父亲相处的时间的确很少，他总在外面忙工作，三天两头出差，经常在我们入睡的时候才回家。母亲对父亲说，我看全世界就你最忙了，少了你地球不转了吗？这个时候，父亲的表情冷峻而缄默。

父亲年轻的时候很积极，他没当过大官，手里却握过实权。那些年家里经济条件很差，我正在拼命地长个子，一个月十六斤的供应粮根本不够吃，母亲找父亲的手下私自买了一袋玉米面，父亲知道后和母亲大吵起来，父亲说："你是落后分子，你思想意识有问题，你给我写检查！"母亲在灯下望着我和妹妹惶恐的眼睛，她十分伤心地抽泣。

父亲平时话少，性格还算温和，可喝了酒的父亲就变成了另一个人。为了和领导阶级——工人打成一片，父亲用二大碗和工友喝酒，酩酊大醉后被人搀扶回家，因为喝酒他吐出了苦胆汁儿，也休克过挂过吊瓶。母亲也奇怪，偏偏在父亲喝醉的时候唠叨他，把他唠叨烦了，酱红着脸的父亲像一头暴怒的狮子，舞动着拳头对母亲吼叫。母亲当然委屈，她认为父亲喝醉了她有理由生气，而唠叨的内容也多半是为父亲身体健康着想，自然无法控制情绪，于是，两人短兵相接，拳脚相加。母亲虽然打不过父亲，却也给父亲的脸上、胳膊上留下抓痕，第二天父亲被挠破的地方颜色变深了，他上班前总要掩饰一番。母亲说她永远都不原谅打她的父亲。

　　母亲和父亲苦斗的若干年里，母亲的内心是恐惧的，她总觉得父亲在外面有了女人，而她想象的那个女人飘忽不定，一阵子是容貌美丽的狐仙，一阵子是龇牙咧嘴的妖怪。那几年，只要父亲和异性单独在一起都会引起母亲的怀疑，母亲的多疑必然会增加父亲和母亲口角的次数和频率。而那一个时期，我反复被母亲教育，脑子里也形成了后妈"凶残""没人性"的形象，自然会站在母亲这个阵营里，对父亲进行观察和监视。一天，我看到父亲和单位的冯阿姨在一起说话，说话过程中，站在父亲对面的冯阿姨还热情地在父亲的肩头捡起一丝头发，扔掉了。父亲显得很紧张的样子，四下瞅了瞅，瞅见了我。随即，父亲带我去了商店，买了五毛钱的高粱饴糖。父亲叮嘱我，不让我把看到的告诉母亲。糖吃完了，父亲的叮嘱就失效了。母亲终于抓住了父亲外面有女人的"凭据"。这个"凭据"也是母亲处心积虑地苦恼、怀疑、探究了几十年最有说服力的一个个案，按母亲的说法，父亲肯定有问题，如果父亲没问题为什么用糖堵我的嘴，为什么不让我把看到的讲出来？

母亲把自己的整个身心都放在家里，而父亲的心却不在家里久驻，他的心属于外面的世界，这一点母亲觉得不公平，也难以理解父亲。"百日生产大会战"时，父亲常常不回家，回到家里也是倒头便睡，梦话说的都是工地的事儿。妹妹出麻疹，母亲吓坏了，带着妹妹去工地找父亲，父亲火了，他说我严肃地告诫你……以后，不准你拽我的后腿！母亲对我和妹妹说，想起你爸当时那副嘴脸，我八辈子都不原谅他。

母亲这一头省吃俭用，父亲那一头却大手大脚，一出差就借单位一笔钱，回来也不知道及时报销，以致他退休后，仍有人找上门来讨债，他究竟借了多少钱谁也不知道，不知道比知道了还可怕，父亲外面的世界是模糊的，母亲跟着担惊受怕，全家人的心情也顺当不了。

父亲老了，我却到了忙碌的年龄，我们见面的时间也越来越少。父亲病了，脑血栓后遗症令父亲一侧身子僵硬。由于我一个月没去探望他，下雪那天，他突然出现在我家的门口。见他拖着残腿吃力地上楼，我既心疼又生气，责备他说，有什么事儿你告诉我一声就行了，何必自己跑来呢？父亲说没事儿，只是溜达溜达……父亲就坐在我对面的椅子上，我在急着赶单位的一个材料。他就在那里一声不响地坐着，坐了两个多小时。

父亲离开了。父亲离开后母亲也变了一个人，她变得忧郁而寡言，仿佛没有了"敌人"，她只能自己孤独地、没有目标地到处行军。父亲和我都属于不善于表达感情的人，心里对你再好也不说在嘴上。记忆里父亲从没说过爱我们,哪怕是类似的话。他去世五年后的一个早晨,不知为什么我突然泪流满面,仿佛自己回到小时候的那个早晨,父亲用冰凉的大手来掀我的被子,那时的父亲年轻健壮,他大声喊道:"儿子起床了,太阳都照屁股了!"……我开始在屋子里寻找父亲留下的记忆,可惜,他留下的痕迹少得可怜。

家人聚会的时候,母亲也会提起以前的往事,不过,这个时候的母亲公正、平和了很多。说一说,母亲泪眼望天,喃喃着:这个死老鬼,他就像这个世界的客人,怎么只剩下一道影子了呢!

2004 年 6 月

打 酒
dǎ jiǔ

小的时候很多人问我，长大后干什么？我回答：给爸爸打酒喝。这样就会有人表示赞赏，说这孩子挺懂事儿的。其实，我的回答也是大人教的，并且，我对那句话的准确含义理解得并不深刻，就像小时候背的唐诗一样，只是背得流利，理解到什么程度则是另一回事儿了。

小时候生活在东北边陲一个小城里，在我印象中，"剑南春"是最好的酒了，每到过年过节，大机关里有头有脸的人才可以分到一张供应票，而用"剑南春"送礼，可以算为奢侈的礼品了。不知不觉中，我渐渐长大了，我知道"给爸爸打酒喝"是赡养老人孝敬老人的意思。十四岁那年，我的一个愿望是：将来我工作了，一定给父亲买两瓶"剑南春"。

男孩子的青春期来临了，一个重要的表现就是向父权挑战，我也不例外。那时父亲经常在外面喝酒，尽管他喝酒是为了工作，可看到他回家呕吐的样子，伴随母亲的埋怨，我内心里产生了厌恶。那一时期，我下了决心，以后不给父亲买酒喝。

高考之后，我到另一个城市读书，在灯光清冷的月台上，站着一大群送行的同学，父亲也在送行的人中，不过，他站在一个若明若暗的角落里。那一时期，我对父亲还有一些抵触情绪。火车缓缓开动，在灯光的映衬下，我突然看到父亲的眼睛闪烁着晶莹的光泽，我知道父亲从不流泪，他四岁失去母亲，表达感情的方式冷酷而坚硬……我的心情随着车轮与车轨的颠动起伏起来。

毕业后我可以为父亲买酒了。事实上，我并没有立刻给父亲买酒，总觉得以后的机会很多。不想，没多久我就调到大连工作，又和父亲分开了。外表一向冷漠的父亲在我离开两个月后就到大连看我，见面已近中午，我在长春路一个小酒馆里请他吃饭，一边通报信息一边喝酒。那是一种极其民主和平等的喝法儿，彼此举杯示意着。到结账的时候我才知道，父亲已经在去卫生间途中把账结了。我说本应是我结账。父亲说，你刚来这个城市，租房子住，用钱的地方多——那一次，父亲并没有喝到我给他买的酒。吃完饭，我去火车站送父亲，由于时间还早，我们就在站前广场溜达。无意间，我看到父亲佝偻的身子，心里陡然一抖。在我的印象中，父亲是健壮硬朗的，转瞬间，他的背塌下来，走路也不再有力。

父亲并没有熬到退休，也就是说到我认为真正该给他买酒喝的年龄。1995年冬天，他在出差的路上突然得了脑中风。父亲病了，而且得的是不宜喝酒的病。父亲出院后就举家迁往大连，我所在的城市成了他的归宿。就像我爷爷当年那样，父亲成家后爷爷就投奔儿子。小的时候，父亲的家是儿子的家，长大之后，儿子的家就是父亲的家了。

父亲在大连调养期间，我几乎每个周末都去看他，尽管言语表达还有障碍，可他的心情还是不错的，我看得出来。1997年，我爱人想向澳大利亚办理技术移民，她去澳大利亚驻北京大使馆考试时，父亲不知从哪里听到风声，突然晕倒了。听到这个消息，我的心情十分沉重，当时，我真切地体会到"上有老下有小"的责任和担子。也就在那天夜晚之后,我打消了出国定居的所有念头。

2002年春节前,我去商场选购春节商品,在酒类柜台前,我的眼前跳跃着"剑南春"几个字,在那一瞬间,内心里痛楚般地悸动着,眼睛有些潮湿了。掩埋已久的生命记忆堆积过来。我知道有病的父亲已经不能喝酒了,我甚至不能对他讲我小时候的那个愿望……我在那个柜台前徘徊了很久,最后还是买了两瓶"剑南春"。

我把酒送给父亲。很显然,父亲理解了我买酒的含义,这个酒在两个不善直白地表达感情的男人之间有着特定的内涵。父亲努力掩饰自己的心情,口齿不清地说:"你知道我现在不能喝酒了。"我笑着说:"没关系,这个酒放时间越长越好,我相信,你好的时候,这个酒的味儿就更醇厚了!"

我把那瓶酒打开的时候,父亲已经长眠在乔山公墓里。我端着酒杯对父亲讲了很多话。讲我十四岁那年的愿望,将来工作第一次发工资我就给父亲打酒,讲我青春期内心里对父亲喝酒的厌恶,讲我工作后忙忙碌碌,没能早一点给父亲打酒的遗憾……"对不起老爸,这瓶酒我开得太晚了!"

去年,行动不便的母亲住进了养老院,我帮她收拾搬家时,居然发现老床底下藏着一箱"剑南春",我仔细分辨上面的出厂日期,才知道那箱酒已经存放了二十多年。我小心翼翼地打开纸箱,发现一张泛黄的字条,上面的字迹有些褪色,不过我看得出是父亲刚劲有力的笔迹:"留给儿子。1983年7月。"

"茄 子"

德明在酒店里等才哥。

才哥是德明二姨的大儿子，他明天回家过年，德明要给他送行。才哥说免了吧，咱什么身份？一个打工的穷讲究啥？德明要在恺撒大酒店请才哥，在恺撒大酒店吃饭是逼出来的，没有才哥，他自己也要去那里吃饭，让从未见过大场面的才哥也牛一回。

在恺撒大酒店吃饭注定意味着挥霍，酒店欠德明的钱，欠他的钱要不回来，只好去吃了。七月份，德明在酒店里帮工，讲好管吃管住每月一千八百元，可干了两个月，他只拿到三百元的零花钱。他找经理马燕，马燕说每月一千八百元不错，可你还在试用期，试用期满合格，再给你补发工资。没过几天，前后应聘到酒店的一个小胖子走了，他告诉德明一个秘密，说老板黑心，干满三个月就把你打发了，到时候人家拿出合同，说你试用期不合格，你告状都没理。三个月满，德明还是没有如期拿到工资，他去找马燕，马燕拿出考勤表，列出了德明不合格的七八条理由，德明跟她吵了一架，马燕说规矩是老板定的，你跟我打破头也没用。

德明见到老板，老板肯定得到了信息，他瞪着眼睛说，我这人，管理酒店不在行，专门收拾刺头。德明没有畏惧，他只认准一个理儿，他出工，老板就该给钱。老板火了，他叫手下的保安把德明推了出去。老板告诉德明，再进门就打断你的腿，我宁愿负担医疗费。德明说，不管怎么说，你欠我四千五百元，不给钱，我就没完！

德明去建筑工地找才哥，把他的遭遇跟才哥讲了，不想，胆小怕事儿的才哥反而数落他一番。才哥说，当初姨妈跟咱说，不让咱们分开，你不听。……我知道，你嫌工地的活儿累，挣钱不容易，可拿到手的钱才叫钱呢！真不知道你怎么想的。

才哥懵懂地进了酒店，走到悠闲地喝着茶水的德明身边，小声问：这是干啥？德明说：给你送行啊！才哥的脸有些涨红：这儿吃……吃饭，脑袋串烟了？德明拉才哥坐下。"你想一想，如果我们不吃，他们也不给工资，吃了，起码赚个肚子。"才哥大致算了算，吃惊地说：那么多钱，咱怎么能吃回来呀。德明说这个酒店他了解，刀磨得飞快，专门宰客，别说几千，几万也能消费了。德明向服务员要来纸和笔，列出了菜单：清蒸大鲍两只，蟹粉鱼翅两份，石斑鱼一条，蛋黄焗虾仁，酒选择了贵州茅台。德明把菜单递给了服务员，服务员吓了一跳，大厅里几个值班的服务员都不认识德明，德明在酒店干的时候，他们还没来。不过，德明，尤其是才哥的样子，点这么高档的菜，令他们生疑，为稳妥起见，还是等经理回来再下菜单吧。

等菜的时候，德明和才哥闲聊起来，才哥不小心被德明的书包硌了一下，才哥立即紧张起来，他小声问：你带菜刀干什么？德明说防身。才哥说：你饶了我吧，我今天晚上就上火车，不是帮你来打架的。德明说：我没让你来帮我打架，就是真的打架，我也让你先走。"可是，你为什么要带凶器？"德明说我学厨师的，带的是菜刀，不是凶器。

才哥起身要走，被德明拉住了。才哥说你千万别害我，你知道我胆小，我想回家不想进笆篱子。德明说没人让你进笆篱子。才哥的嗓门大了一些，他说不是明摆着吗？带着刀到饭店来白吃，人家报警，咱们就成了持刀抢劫犯了。服务员听到他们的争论，立即给马燕挂了电话。

　　马燕回酒店的路上，给老板挂了电话，把德明来酒店点菜的事儿告诉了他，她担心德明是来找事儿的。老板说他敢！你先去处理，处理不了，我回去收拾他。

　　马燕一进门就阴阳怪气地说，发大财了？德明说发财就不过来了，我现在是混了今天没明天。……你别担心，我不是来闹事儿的，我来只是吃饭。马燕说那好哇，吃饭的我们欢迎，找事儿的我们也不会客气。德明说那就好办了。

　　服务员问马燕上不上菜，马燕看了看菜单，说先买单后上菜！"这不明摆着看人下菜碟吗？"德明跟收银员吵起来。马燕跑到后厨偷偷给老板挂电话，她告诉老板，来者不善，他还带着刀。老板一听就火了，他说都是我讹别人，现在竟然有人来讹我？一会儿叫老四过去做了他，我宁愿花点医疗费。

　　德明和收银员争吵的时候，才哥趁乱把书包里的菜刀拿到卫生间，水池子下挂不住菜刀，才哥就把它放到了水箱里。

　　才哥从卫生间出来，德明已经跟保安拉扯起来，毕竟他是一个人，被两个保安反剪着胳膊按在地上，才哥火了，他呐喊着冲了过去，还没冲到保安面前，就被椅子绊倒了。

警察的出现似乎是一部电视剧中埋的伏笔,出现得很是时候。民警分别审问了他们,情况摸清之后,民警对他们说,在公共场所滋事,本应行政拘留十五天,考虑事出有因,就训诫了一番,把他们放了。德明很不服气,他说欠钱的本来是他们,怎么他们反而有理了。警察说如果他欠你的工资,你可以管他们要工资,可以到劳动行政部门投诉。解决不了可以申请仲裁,仲裁了还不服,还可以到法院去起诉。德明说道理是这样的,可是,我一个外地人,有精力和能力做这些事儿吗?警察说做不做在你,不过,有一点你们不能做,在公共场所滋事,这是违法的。

　　派出所外,满城灯光。德明对才哥充满了歉意,他说真对不起,火车也耽搁了,不然,你明天中午就可以见到表嫂和孩子了。才哥说现在说啥也没用了。德明说咱们去车站吧,再买一张票,不然,过年你就赶不上了。才哥问,你呢,不回去了!德明说,你先回家吧,别管我,我不相信这么大的城市养活不了我!说着,转身就走。才哥拉住德明:"你干啥去?""我给你买车票。"才哥死死地拉住德明。"你放手!"德明大声喊。"不!"才哥仍不放手。"你放手!""不!""你不放手我打你了!""你打我我也不放。"两人撕扯了一会儿,消耗了很多体力。

　　"你为什么不放手哇?"德明眼睛有些湿润。才哥说,你不跟我回去,我也不回去了。……德明认真地看了看才哥,他发现才哥的眼角还有浅浅的麻子,以前他从未注意到。

　　第二天上午,德明和才哥去了照相馆,他们人虽没回家,可一定要把照片寄回去，以老的传统看来，家里没见到人见到照片也是一种安慰。照相的时候，他们的心情仍然沉重，德明担心才哥的表情，才哥担心德明的表情。德明说，拍照的时候咱们一起喊"茄子"，那样，照出的照片就是快乐的样子了。

照相馆的师傅是个头发花白的老头儿，他给德明和才哥摆好了姿势，没等提示，德明和才哥一起放开嗓门，大喊：茄子！……把老头儿吓了一跳。

才哥暗自决定去恺撒酒店，他觉得四千五百元不是小数目，他一定要帮德明要回来，当然不能白要，得让德明给他买几盒好烟，最起码，他也要把卫生间水箱里的菜刀拿回来。

2008 年 9 月

依 赖

很多人都会碰到这样的问题，手机丢了。小庞是一家公司的业务经理，他去省城洽谈业务时把手机丢了。事情的经过很简单，小庞下了火车，从火车站去宾馆的路上，把手机落在出租车上了。小庞发现手机没了，立即找到一个公用电话亭向自己的手机挂电话，结果，手机关机。小庞想，拿到手机的人一定想把手机留下，这样说来，找到这部手机的希望很渺茫。

小庞的手机很普通，是电信公司为了促销、预存话费免费赠送的，那个手机使用了三年，磕磕碰碰的，已接近使用寿命，并且，卡里的话费所剩不多。可以推断，那个手机到了二手市场连六十块钱也卖不了。小庞向电信公司挂了失，松下一口气来。

问题是，损失并不体现在手机上，没了手机，小庞突然觉得眼前的城市陌生起来，好像自己是个断了线的木偶，什么动作也做不出来了。

按原来的约定，小庞晚上要跟客户吃饭。"我住下以后给你挂电话。"在火车上，他这样对客户说。现在，手机没了，储存在里面的号码也没了。小庞通过114查询到客户单位的电话，没人接。此刻已经到了下班时间，而明天又是星期六，小庞立即觉得嗓子干涩起来。

除了公事之外，还有一项重要的任务是见小磊。小磊是他上次来省城认识的，大家在一起吃饭、唱歌，他和小磊撞击出了感觉，一起对唱一起翩翩跳舞，临别还留下了对方的电话号码。分别后，小庞和小磊就用手机频发短信，沟通感情。发达的通信时代缩短了人们的空间距离，小庞和小磊各自所在的城市虽相隔几百公里，可联系起来就像在身边一样。同时，由于联系方便，他们之间的交往也很高效，时间不长，一个未娶一个未嫁的青年男女竟谈了恋爱。这次到省城，小庞没让客户接站，是想自己下了车之后给小磊挂电话，给她一个惊喜，不想，手机一丢，小磊也联系不上了。

读书的时候，小庞对数字非常敏感，尤其是记电话号。可自从有了储存方便的手机，他大脑这部分功能悄无声息地退化，退化得自己都不知道。一个很好的借口是：爱因斯坦说过"我从不让现成的资料打扰我的大脑"。可现在手机丢了，现成的资料没了，大脑也一片空白。

傍晚，小庞进了街边一家小饭店，心情郁闷地喝了二两白酒，平时三两的酒量，谁知二两就醉了。喝酒的时候小庞才感觉到手机丢失的严重性，联系不上客户，那批货就不能在周一准时发到，进而影响装船，那里环环相扣，一个环节上出了问题，就会造成重大的损失，损失一旦形成，自己这个业务经理的位置恐怕难保……还有小磊，小磊说她周末要去看他，他想捷足先登，给小磊一个"惊喜"，可惜惊喜不成，还"关机"了，如果小磊真的不远百里去看他，被晃了，还不知道小磊怎么恼火呢!

小庞在街上孤独地转着，他想了很多办法，比如先拣能回忆起来的电话号码，通过这个号码问出那个号码，可这种联系就像一道复杂的数学公式，很不好解。小庞意识到，其实，个人和这个世界的联系并不像想象的那么密切，丢失一个平时并不怎么重视的号码，竟然一筹莫展。回到宾馆，小庞躺在床上看电视，手里的遥控器翻着频道，从头翻到尾，再从尾翻到头，到了后半夜，小庞终于做出了决定，明天早晨坐车返回。这是他能采取的唯一补救办法，尽快补一个"卡"，把手机开通。

第二天起床，小庞习惯性地摸了摸床头，床头是空的，没了手机也没了时间，小庞披着衣服出来，问楼层的服务员几点了。服务员说：九点半了。小庞立即恼火起来，说：不是让你们叫早的吗？服务员很委屈，她说我不知道，今天早晨才接的班。

平时，小庞都靠手机叫醒，手机没了，那趟早班车也没赶上。

2006 年 7 月

民间哲学家

卢滋一直到了二十四岁才对自己的家世有所了解。其实不仅卢滋，很多人在小的时候甚至一生对自己的家世都缺乏深刻而透彻的了解。每个人都是照不远的烛光，这很正常。

上了大学，卢滋开始对自己的家世好奇。那些年，卢滋在高大杨树飘絮的日子里或者结满茂密霜花的窗前潜心研究，以至错过了一双美丽而忧伤的眼睛，那个南方女子留给他一段身影、碎片的记忆和青春在身体发酵后的气息，那个气息浮荡在卢滋身边很多年，袅绕不散。

卢滋在大学的最后一年决定放弃对家世的追问，原因十分暧昧也十分明确。卢滋在调查时发现，自己的先祖是南方人，后来做了北方人。南方和北方的划分是隔了一条江，那条长长的江水不慌不忙，慢慢地流淌着岁月，使得人类设定的时间显出几分可笑和几许滑稽。就在那年初秋，卢滋和毕业的同学离京踏上了一列返乡火车。

火车停在了正午，晚点了。不知道是加水补充燃料还是由于铁路部门没调度好，等着错开同一条铁轨上相向而来的列车，总之，停车的时间很长。尽管是初秋，北方的中午仍十分闷热。卢滋下了火车。

回忆起来，卢滋并不能说出一个令人信服的理由，可他的确留在了一个叫大谭镇的地方，作为名牌大学哲学专业的大学生，他应该是八一届第一个也是唯一一个选择小镇定居的人。

在大谭镇，卢滋找不到专业对口的单位，当然，他不在意这些，不久，他就到县文化馆工作。在表面上看，文化馆是县里文化人聚集的地方了，事实上，那里除了一个会吹笛子、会拉手风琴的音乐家，一个会画宣传漫画的画家和一个会编快板、群口词什么的作家外，只有一个会写大批判稿的领导。卢滋去了之后，领导让他填补一个空白——收集民间故事。领导对他说，真正的哲学在民间。卢滋很惊讶，他觉得这个小地方的人如何了得，一句不经意的话，却道破天机。

一个偶然的机会，卢滋在火车站看到了马丽英，他一下子被"镇"住了，马丽英是小站上的地勤，正式称谓这样叫，其实就是站台上推流动车卖食品的。卢滋经过多方打探，知道了马丽英的情况，马丽英的父亲是屠宰厂的工人，家境一般。马丽英是老大，身后还有两个妹妹两个弟弟。对于卢滋来说，这些都不是问题，只是卢滋没想到，他正式向马丽英提出交往的请求竟被拒绝了。马丽英的拒绝反而激发了他的斗志，卢滋几乎天天去车站看马丽英，无论烈日暴晒还是刮风下雨，就这样，苦苦地追了半年，马丽英终于支持不住了。卢滋抱着吉他对着马丽英唱情歌，围观的人像看耍猴的一样，而马丽英却晕倒了。醒过来，马丽英流着泪说，你为啥这样？我不值得你这样。卢滋在站台上跪了下来，他说你是上帝赐给我的礼物，我永远爱你，不离不弃！

大谭人当笑柄一样风传卢滋求爱的逸事时，卢滋神情凝重地带着马丽英旅行结婚。旅行的线路是大谭到家乡那个城市。回到家，卢滋自豪地对妹妹说，怎么样？哥娶了最漂亮的女人。妹妹对这个衣着"老土"的嫂子不以为然，她说这样算最漂亮，在咱们这儿可以找出一个团。卢滋不管那些，他认为自己觉得漂亮就好。

新婚宴尔，马丽英的羞涩表情令卢滋更觉得神圣，他甚至不忍心亲吻马丽英的眼睛，他说，多么漂亮的一双眼睛啊，一碰都要碰出水来。马丽英立即哭了，她说我还没来得及跟你说，我的眼睛有先天问题，医生说一生孩子就失明。卢滋拥抱着马丽英、安慰着马丽英，让泪水和激情一起升腾着。

马丽英决定给卢滋生一个孩子，她偷偷地怀孕，坚持到六个月时，她才不得不告诉卢滋。孩子出生后，马丽英真的失明了。深秋的夜里，卢滋去了火车站，夜里的车站是寂寞的，孤零零的罩灯，空旷的铃声。随着三三两两的人群走后，整个站台就死一般地沉寂。卢滋坐在那里看星星，他觉得天空透明、清澈。

卢陆来到这个世界上，增加了卢滋的生活负担和责任，而那几年，马丽英家一个事儿接一个事儿发生，父亲中风住院，妹妹失业，弟弟惹祸，卢滋文化馆那点工资几乎杯水车薪。生存压力使卢滋这个读书人不得不自食其力，他家在铁路上承包了一个流动食品亭，卢滋亲自出马，腰间挎一个保温盒子，等着一列接一列进站的火车。进站车一停稳，卢滋就登了上去，在闷热拥挤的车厢里吆喝着，日子久了，他已经没了读书人的模样，粗糙的皮肤、粗大的嗓门，微笑中透露着世俗的狡黠。

日子是一副扑克牌，最初拿在手里觉得很多，抽一张少一张，到了后来，觉得越来越少了。回过头看，日子是经不起抽的，不觉中，手里可以打出的牌越来越少了。

卢滋送卢陆去上大学。卢滋对马丽英说，女儿是天下最漂亮的女人，尤其她那双眼睛，一碰都能碰出水来。马丽英很难过，卢滋扶着马丽英，自豪地说：你应该高兴才对，卢陆的眼睛没问题，生一百个孩子眼睛都没问题！

卢滋最初的记忆停留在家乡那个城市的喧闹中，他曾经觉得自己是这个世界的一棵树，有很多酱黄的秋天和青白的冬天在等着他。事实上，他的确成了一棵树，只是后来发生的事情与他的初衷没有关系。

——不但卢滋，很多人都是如此。

西部

yī yuán xiān huā

一园鲜花

"李副队这几天一直泡在鲜花园子里"，这个信息对马副队来说十分重要。大家都知道年底监狱要进行干部调整，对于缺少大队长的二大队来说，李副队李秉强是他——马副队马军唯一的竞争对手。

说起来，马军比李秉强有"资历"，马军从部队转业时就是副营职，他当中队长时李秉强刚从警校毕业，虽然他和李秉强不在一个中队，也应该算是"领导"。七八年过来了，李秉强和马军到二大队"一个锅里搅马勺"，都是大队长的助手，相处得甚是融洽。不想，六月份大队长被提升为副监狱长，大队长的位置出现了空缺，而排名在马军后面的李秉强被组织安排"牵头"工作，大家都明白，"牵头"和"主持工作"不同，"牵头"是口头的，非组织正式程序，尽管如此，马军心里还是不痛快，觉得上头对谁当大队长表露了倾向性。不过，上头也明确表示，大队长职务需要年底竞聘产生。

李秉强泡在鲜花园子的消息是犯人家属请马军喝酒的时候透露的，当时他的心跳跃起来，身体里涌动着隐秘的兴奋。鲜花园子是二大队犯人陈彬老婆开的，据说他老婆漂亮得跟园子里的鲜花一样。李秉强泡在鲜花园子里干什么？孤男寡女的，做思想政治工作也不用耗费那么多时间哪！

接下来，犯人陈彬和李秉强进入到马军"关怀"的视野，他发现李秉强对陈彬十分严厉，甚至有些苛刻。比如，陈彬向监狱的《新生报》投稿，发稿一篇可以记三分，按不成文的规定，年底申报减刑时，一分意味着一天。陈彬头一天得了三分，第二天因为劳动时一个小的失误就被李秉强扣掉十分。马军想，奥秘也许就在这里。李秉强对陈彬严厉，只有严厉，陈彬的老婆才有求于他，才更依附他，如果再往坏处想一想，说不准，他和陈彬的老婆串通好了，压根儿就不希望陈彬早日出狱。

马军在猜测李秉强的日子里迎来了十二月份，他的心情也越来越复杂，他希望李秉强和犯人老婆不当交往的事早露马脚，而他派出的"小兄弟"回来报告，李秉强帮陈彬老婆干活，给花圃的花浇水、施肥、剪枝。最耀眼的几个镜头是：陈彬老婆给马军擦汗，而陈彬老婆眼睛眯了，李秉强一边为她翻眼皮，一边吹着。当然，他的"小兄弟"没能力掌握他们更亲昵的证据，可这些，已经很说明问题了。

马军思前想后，决定把李秉强泡在鲜花园子里的事儿在竞聘前几天以一种"得体"的方式曝光，可那个日子真的临近了，马军却犹豫了。从本质上说，如果不是竞聘的位置扰乱了他的神经，他并不希望李秉强出事儿，也不希望李秉强丧失原则利用职权跟犯人的家属"交易"，堕落下去。他承认李秉强是个好人，可并不是所有的好人在所有的时候都能把持好自己，他是应该看着李秉强"水"下去，利用他的污点战胜他，还是及时对李秉强进行劝阻，在悬崖边儿把他拉住？

竞聘的日子越近马军越觉得难熬，他太需要大队长这个位置了，倒不是这个位置有多大的实惠，关键是，在马军心里，职务是对他个人奋斗和努力的肯定，甚至被他放大到对人生的肯定上。吃午饭时，马军想，自己已经四十七岁了，并不是总有机会的，所以决定采取行动。到了下午，马军的想法又变了，他觉得这样做会彻底害了李秉强，连醒悟的机会都没给李秉强，并且，用这种揭露隐私的"损"办法，也有违传统的道德精神，马军又不打算行动了。深夜入睡前，马军又这样想，李秉强出事儿活该他倒霉，谁让他自己不干净，和犯人家属勾搭呢？他马军不能无原则地袒护错误，至于方法也没什么，国外参加竞选，不也常揭竞争对手的伤疤，击打对方的软肋吗？自己这样做对净化领导者队伍是有益的。

早晨飘着清雪，马军提前到了单位，把一个信封塞到政委的办公室里。

早操之后，马军估计政委已经打开了信封并且惊讶地看完了材料，此时，马军已经彻底后悔了。他觉得自己无论如何也不该干这种事儿，他的脑子很乱，像贴了封条，什么念头都挤不进去，他只有一个想法，要立即见到李秉强跟他好好谈一谈。

李秉强串休，马军只好到市郊飞机场前那个花圃去找。原本马军以为那个花圃就在自己的脑子里，可到了现场一看，那里有很多家花圃，打听了好几个"大棚"，才找到了陈彬老婆的花圃。

进了大棚，一股芬芳的气息包围了马军，他的眼前盛开着星星点点的鲜花。鲜花丛中站出一个女人，她迟疑着问：您找哪位？

在确认对方就是陈彬的妻子之后，马军一时不知该说什么，他说，啊是这样的，我是市监狱二大队的……我来……

"您是找我哥的吗？"

"你哥？"

"是呀，李秉强。"

"李秉强是你哥？……表哥？"

"不，是亲哥。"

"亲哥？"马军支吾着，"那、那服刑的陈彬跟你……"

女人摇了一下头，说："他是我该死的丈夫。"

2006 年 4 月

下 洼 子

屯西有一洼水草茂盛的泡子，有长得拙劣的短苇，也有水葱及扁叶草。初秋，那泛黄的扁叶草上长蒲棒，一层茸茸的金丝毛，如鹿茸般。没人时，屯子里的人就争先来采，用它的毛毛来捺刨口极合皮肤，不过几日就长好。屯里的老辈人讲：原先下洼子有水禽，有鲇鱼和鲫瓜子（鲫鱼）。还曾于某年某月看见过一对鸳鸯。现在泡子的水极瘦，多是银色的淤泥滩儿，连牛马饮水都不近此。

泡子水混沌沌的，有恶味，夏天水里多孑孓，尺折着身子密密一层。孑孓渐渐出水，便蜂拥散向老屯各处吸血并传染毒菌。不知打哪一年开始，屯里死的孩子都扔到此地，屯里的媳妇怀孩子的能力很强，保孩子的能力却弱。有的年头甚至有二十几个丢下的稻草捆儿。人们对下洼子冷落，走路都远远地躲着。屯里很广泛地传播着，说有人在一个月黑头的晚上，看到下洼子上空一片明亮，顺风还听到了下洼子死的孩子齐声哀号，撕心裂肺……

分地时，二驴子分的正是下洼子旁边的苇塘地。当年一个队委被他领一伙人拆下了台，队委被平反后，又回到了老屯中心那栋红砖房。没办法，谁都忌讳的地方分给了二驴子。二驴子骂了三天，还当着很多人的面磨斧子，办法用尽了，只得喝得死醉自己解气。

夏天的烈日，照着他酱乌的脊背，上面有淋淋油亮。在菜园子里，他给西红柿支架，嘴里还对着草帘子遮的茅房说："是福是祸，还不好说呢，前街的小得子用摩托贩鸡蛋，咋呼了好一阵子，咋样？摩托一翻，把腿摔折了不是。下洼子的地保不住更肥。明年种黄豆，保管收。"

他媳妇在草帘子里说："就你熊，反正那鬼地俺是不去，也不让五柱子去。"

五柱子是他的儿子，六岁，原先他有个闺女，后来得肺炎死了。当时公社就有了限制，但因为死了女儿，他才得以要了儿子。仅儿子一个独苗，他怕再摊上什么病，就给儿子连认了几个干妈，又起名叫五（捂）柱（住）子。

"要去你自己去，说死俺也不去。"媳妇还说。

"这没用的娘儿们！"他捡起碎土块儿，向那方形的草帘子顶抛去……

第二年他苦干了一年，黄豆丰收，他成了屯里的富户。

屯里的闲人聚在老榆树下，唠起了下洼子地。有的说那黄豆一定不能收，黄豆吸了人的骨血。有的说，有次天黑下地回来，看到下洼子那片儿像天上的晚霞似的，红彤彤，有一群光腚白娃儿在地里干活，领头的是二驴子死去的哥哥。当年他哥哥是因为那个队委死的，二驴子为给他哥报仇才整队委的，如今落得这样的卜场，他哥来帮衬他什么什么的。

一个年轻的瘦脸记者到老屯采访种粮大户，一来二去和二驴子熟了。小记者劝二驴子再搞点副业。盘算来盘算去，说在下洼的泡子里养蛤蟆最好，城里人很多都喜欢吃它，还不用怎么管理。等水质改变了再添养些鱼。二驴子挺佩服小记者，就按小记者说

123

的做了。

白云悠悠，水草青青。蛤蟆黑米粒般的子渐渐变成了带尾巴的蝌蚪，不久又变成长尾巴的蛤蟆，直到八月天呱呱蛙鸣一片。

白天他在下洼子地转悠。晚上还常送串门的。闭户，他带着微醉，用酒气吹媳妇的脸，说："他（队委）想让俺摊上邪地，大伙都臭俺，嘿，倒了，亲近俺的人更多……东风吹，战……鼓，呃……擂。"

他媳妇美滋滋的，说他："瞧你美的。"

一进腊月，他开始大显身手，成马车的蛤蟆四下运去，嘎嘎响的票子四下收回。忙完了，他带上老婆孩子进了一趟城，小记者领着他到处风光了一番。回到老屯，他穿一身烟色的毛料制服，方脸透着红釉般的光泽。他媳妇穿一件蓝呢大衣，围一条红白相间的花棒子围巾。五柱子也穿上了军绿的半大衣。从老屯穿糖葫芦的小街走过，许多户的杖子边都伸出头来。

走到那个队委家门口，他把两盒让五柱子撒过尿的高档蛋糕挂在支委家的门框子上，对里面喊："多谢了，仗着你给俺分了下洼子的宝地！"

回到家，他对媳妇说，明年在下洼子地添些鱼苗，再在下洼子地修个小房，住着方便，也防着有人往泡子里下毒药。那块风水宝地咱一辈子也吃不完。他媳妇不反对，变得顺从了，他说啥是啥。

第二年，他媳妇和五柱子都常去下洼子地了，全家精心翻地，修整泡子，并在泡子边盖了一个窝棚。窝棚只有他一个人守着，他媳妇还是不肯去住。

艾蒿节过后不久，他到城里买小手扶车的配件，回屯时，有人告诉他家里出事儿了。他匆匆忙忙回家，路过老榆树，他听人议论着。

"……我说那不是好地方吧？看吧。"

"就是，不能好事儿全让他摊上了。"

"老孙太太说，她梦见下洼子里的鬼娃，说这几年没扔死孩子，就抓活的，抓了去当童男童女……"

他起脚向家里跑，推开大门，见屋里挤满吵吵嚷嚷的人。

在他回家的头一天，五柱子掉泡子里淹死了，说他在泡子边扑蜻蜓，扑着扑着就跌到水里了。他媳妇死命地抓他的脸，骂他不该要下洼地，一定要他还儿子……他眼睛灰鼓，球体转都不转。

夜似锅底黑，他独自在泡子边吸烟。他想看看鬼娃的模样儿，听听鬼娃齐哭齐笑。泡子很静，只有小鱼的冒泡声和蛤蟆的跳水声。他把口袋里的烟吸尽后，从怀里抓出一大包毒药，沙哑地笑着向水里扬去……

他向屯里走着，身子像浮在雾里，浓黑浓黑的雾里。他抓着被蚊子叮肿的脖子和手臂，抓出了血。这时，他听到下洼子那面响起了什么声音，站在老榆树下，他静静地听了许久——好像是起伏的蛙声。

1986 年 6 月

125

liú   hǎi   er
刘 海 儿

旁人叫她刘海儿，她娘叫她妮，说："妮子，疯啥去？"

妮子并不真疯，愿玩。比方：藏猫，跳猴皮筋，过家家，踩格儿什么的。她家是苫草盖的矮房子，半坏，比别人家房子矮一头。窗户直接对着房后的街道，窗台和土路一平。窗子上下两折，下边的钉住，上边的分扇开。冬天那窗户捂上厚厚的油渍渍的大棉帘子，用钉子钉上。夏天入夜，那窗大开着，屋里边透了气儿。为防有蚊子，灭灯后，上一趟茅房的工夫才把窗打开，或者燃一堆熏蚊草。

"滚里边去睡！"妮子爹蹬她一脚，自己守着窗户边儿，这行动对憨实的妮子爹来说是有原因的，以后再说。

妮子的皮肤天生又细又白，一双冬天不冻井的眼睛，上面垂两绺刘海儿。小学演戏，数她最引人，刘海儿油黑漆亮，台上台下都随她的眼珠儿转。散戏的路上，屯里人说："那个丫头演得真哏！"

"哪个？"

"那个梳刘海儿的。"

"老山东刘大的妮子……"

别人称她"刘海儿"。后来屯里人都那么叫了。

雨天，她家的窗后水沟满了水，雨水从窗台流进来，她娘喊："快呀，妮子，到外屋地去，拿咱家的铁锨，撮一些灰，把后窗掩上。"刘海儿跳着格子步，哼着小调儿把后窗抹上一道锅灰墙。然后趴在窗台上，用手接着檐漏雨，雨豆儿从指缝溜走。

"大雨大雨冒泡，王八王八来到。"声音传到马号那边的老榆树下，白愣子老头儿蹲在那儿，看街上踮踮的鸭子，呱呱地追着跑着。吸着烟，有滋有味儿……

有一天，白愣子老头儿把刘海儿爹拉到背阴处，神道道地说："大兄弟，可不得了。你得管教管教你家的丫头片子。"刘海儿爹吭哧半天才说："俺妮咋啦？"白愣子说："咋啦？那天下雨，你家丫儿和村东马家小宣子在西泡子里玩水，还用嘴咕噜泡儿，全光着腚……"

刘海儿爹回家，先让刘海儿趴在炕上，然后撸胳膊挽袖子："简直胡闹，再叫你跑骚！"挥起笤帚就打，直打得笤帚拃挲。接着让刘海儿下跪，跪一下午，三顿饭不给吃。最后刘海儿瘫歪在炕上。

刘海儿依然还有笑声，还跳格儿，只是偷偷跑到自家的菜园子里，一边摘着豆角儿，还唱"火车向着韶山跑"并在垄台上编起花步来。

"快呀，妮子，等豆角下锅呢！"她娘一边向锅里倒油，一边向门外喊。刘海儿应着"唉"，从墨绿之中伸出白净的脸，额前的头发和眼珠儿油黑油黑。

刘海儿十五岁辍学劳动，刨苞米茬子、上粪、点种、铲地，一冬一春跟大帮儿干了两年。年终分红，她把钱全交给爹。黄灯下，他爹龇着碎高粱牙，一层一层把钱包在布里。想起自己离开山东老家到东北落户，苦吧苦业十年，觉得终于有了盼头。一高兴，对刘海儿说："明儿俺给你买两盒'握手烟'。"

握手烟是刘海儿和小宣子分着抽的，小宣子赶队里的马车，鞭子甩得脆快。啪啪啪三鞭，刘海儿一听就辨得出来，立刻跑到场院里。两人点上一支烟，你抽一口我抽一口。抽完了，小宣子开始瞅刘海儿，刘海儿提议两人对瞅着，谁先眨眼谁是狗。瞅一会儿小宣子发愣地说："你的刘海儿真好看。"

"德行，谁稀罕你说好。"

啪！小宣子抽冷子从她头上拔下一根头发。

"死鬼死鬼！"刘海儿跳起来，抓起谷草向小宣子头顶扬扬撒撒。

小宣子把头发粘在自己手上，再把手倒过来，头发竖着不落。小宣子大声说："看吧，咱俩一个心眼儿，嘿，不二……"

突然，刘海儿一猫腰跑了，小宣子回头一望，见白愣子老头儿的头一闪，躲到谷堆后。

夜里，刘海儿被她爹吊在房梁上半宿。

打那后，刘海儿爹不准她再出门了，夜里听到窗外野猫叫，他也向刘海儿那边蹬一脚："向里边去睡！"

然而，有天半夜，刘海儿她爹被一个鬼梦吓醒，揉揉眼睛向炕上一瞧。灰蒙蒙的月光中，靠窗的炕上空着。他喊了两声"妮"，没有人应。他伸手摸摸，刘海儿不见了。他使劲蹬了一脚睡得死死的老婆，连忙从敞开的窗户爬出去，沿街喊起来。他穿着大裤衩子在外面转了一大圈，直到天亮也没见到刘海儿的人影。

三天后，人们从铁道的桥洞子里找到了她。回来傻呆呆的，专注地听着草房顶的鸟鸣，唱："天上飞的是凤凰，地上走的是鸳鸯……"她娘哭得死去活来，她爹骂："都给我死！"

　　刘海儿被远远地嫁给后山屯的一个半彪子，比她大十岁。送亲时，屯里人大半都出来了。刘海儿在驴车上傻笑，说："怎么这么多鬼呀！"大伙在底下哄笑。走的那日阳光灿烂，岗坡大地一抹墨绿，铁道边开一片灿黄的野菊。

　　刘海儿再也没有回来过，有人说她生了三个孩子，都很精。有人说她被婆家打折了腿，有人说她已经彻底疯了，披头散发在街上唱。白愣子老头儿对她爹说："丫头真疯了吗？偏方治百病，我打车站听一个城里人说，有病的人每天晚上喝碗凉水，百天之后，啥病都好。"

　　不知不觉又过了好些年，屯里的人都忘了刘海儿，一日夜深，刘海儿爹从炕上一翻身，向刘海儿娘的胸前蹬了一脚，嘟哝着："妮子，滚里边去睡。"

1986 年 11 月

老 窑

三月里风车转个不停，大沙河的水还没开冰，荠荠菜刚刚拱破朝阳的坡地。乱石堆的砖窑上，一巾灰白的布条儿（原来一定是红的）飘舞起来。温嘟嘟的风从布条儿滑过，向那片泛着白碱末的大地掠去。

　　先前那砖窑曾红火了好一阵儿，白日里有酱条条的汉子哼唷哼唷地压泥，制砖坯，黑夜里在炭火很足的窑顶烧土豆，个个脸儿黢黑，牙齿通红，眼珠都点上了红星点。青苞米下来，那上面又吃上了烤苞米，香味儿半里外都能闻到。老窑边的庄稼地几乎都被偷过，倒了霉的人也常自认了，犯不上惹他们。可那伙人还不以为足，不但偷庄稼，还偷屯里的女人，直到一场流血战，那伙人才自此消失在屯里人的眼睛里。

　　后来老窑住了姓黄的老两口，恰巧水边有水源，老黄头儿就开了块小菜地。老屯街里，打春天韭菜下来开始，小香菜、小菠菜、生菜、水萝卜就不断上市，人们总能见到他歪嘴的瘦尖脸儿，挑着吱吱发颤的扁担，卖了菜，在小店铺里买了油盐酱醋，又返回大岗的低洼坡。黄姓夫妇从不和人来往，路过窑地的人向他们讨碗水喝，老黄头儿给你舀来一瓢冰凉的泉子水，送到老窑外面的道边儿。老头儿一声不吭地看你喝水，嘴里有滋有味地嚼着东西。若要讨顿饭吃，他就先递来一筐篓黄烟，让你独自坐外边等着。过路人是绝不敢贸然动弹的，只要一起身迈步，门口一条高大的黑狗就呜呜地龇牙。没多久，老头儿端来一海碗小米粥，用柳条棍儿穿三个苞米面锅贴和一块腌硬的卜留克，或者拿来豆酱和小葱。他坐在你身边看着你吃，仍不吭声，嘴里还嚼着东西。

屯里人风传着，都说窑地的黄老歪嘴人不错，但谁也没跟他深唠过，谁也没进过他的屋，没看清过他老婆的脸。

有一年，生产队粮仓的黄豆丢了十多麻袋，打更的说半夜听见马蹄嗒嗒嗒嗒，车轱辘吱扭吱扭。队长发动人们四下去找，结果张张罗罗一个月，还没摸着一根须子。

有一天，屯里一个叫愣子的小伙子跑到队部，说黄豆是窑地的盲流子黄老歪嘴偷的，他发现老窑的道边上，黄豆芽儿把一个破碾子都拱了起来。一定是他把剩下的全埋在那里了。

队长领着一伙人去查看，果然如愣子说的那样。

人堆里有个得过黄老歪嘴恩惠的，趁没人注意的空儿撒丫子跑到老窑，把石碾子下黄豆的事儿向黄老歪讲了，说天黑前队长带人来抓他。黄老歪嘴一声不吭，嘴里依旧有滋有味地嚼着东西。

队长带十来个人呼呼啦啦拥到地窑，窑门口的黑狗死命地咬着，来的人谁也进不去屋。大伙在门外喊上了，喊哑了嗓子也没见人出来，最后队长下令：打狗！

大伙终于推开了那扇向日葵秆儿排的门，推开门，人们全傻了，屋梁上，整整挂了两个人。刷白的阳光照在他们带补丁，但很干净的衣服上。

屯里出了很多人把窑地的老两口埋了，大家都不讲话，目光来回碰撞着。事儿过了很久，屯里的娘儿们议论："生产队的黄豆怎么可能是黄老歪偷的呢？如果是他偷的，那些黄豆去了哪儿？""还以为黄老歪嘴的老婆长啥样呢，原来……"

后来那窑渐渐塌了。

1986 年 6 月

街角

<ruby>街<rt>jiē</rt></ruby> <ruby>角<rt>jiǎo</rt></ruby>

每天早晨，从阳台上向下望去，他总是最先闯进我的世界。疙疙瘩瘩的小街上，他充满活力的双腿匆匆走过……不知道究竟是哪一天，他闯进了我心的领域，是五瓣丁香流馨的那个早晨？——我背着法语，栅栏外的街头上，一个纯正的男低音纠正着我的发音。我抬起头，看到一双诚实、深沉的眼睛。或许是由于我的惶惑，或许还有别的什么，他说了一声"Au revoir（法语：再会）"便消失了。

不，是那次初雪后，青紫的雪涂上俄式尖顶楼的顶端。我呵着手，把油彩抹到画布上。

"怎么不出来？……啥，选个最佳角度？"他在外面。我默默地低着头，心和手都慌乱起来。……吱吱的踩雪声，再看时，街头只剩下他结实的背影。

他走过去，他的头向我的阳台上望着，每次都这样。

"小雄！"妈妈在屋里喊我。她的情绪显得格外好，我却相反。

"什么事儿？"

"什么事儿？你个人的事儿，二十六岁的人啦，还不想想。"

"这有啥好想的。"

"死丫头！昨天你马姨又提了一个，小伙子是出国留学生，家里还有住房……"

"哎呀，行了妈妈。我的事儿不要你管。"我赌气走出房门。

"我不管谁管！——哎，你把早点吃了呀！"

每天，他依然从街头走过，依然向阳台上张望。

　　那是个小雨的早晨，他在栅栏外徘徊着。他怎么没带雨伞？……我久久地望，他也久久地往复着。送点什么给他遮雨吧！路人也要相帮的。……可我终究没有走出门去。

　　早晨我站在阳台上，心怅怅的，他从我的世界里消失了。一个月过去了，他还没有出现。

　　宋丹和冰默来看我，她俩是我最好的同学。不自觉中，我们扯起了爱情和婚姻话题。先是宋丹无休止的牢骚，她对婚后生活厌烦了，后悔不该有当初。

　　"女人最不容易，"宋丹说，"男人要体验一下生孩子的痛苦，他们就什么都懂了。可惜，他们没有机会。"

　　冰默瞅着我笑，但笑的结尾渗进了苦涩。

　　冰默平静地说："如果不是结了婚，如果还二十二岁，我会像男人追女人那样去追男人的……不管别人说什么。"她当年是物理系的"袖珍美人"，曾有一些不舍的追求者。为这，还有不少女孩子忌妒她。

　　"女人哪，只有等待、等待，明明自己有喜欢的人，却不敢……全埋到心里了。最后没办法了，在追求自己的人中选择一个，就这么，完成了终身大事……"

　　我的心起伏着，立刻涌上一股无名的委屈。

他终于出现了。

我跑下楼，我们只有栅栏之隔。

"你……好久没从这条路上走过了。"我说。

他抬起头，眼睛好像在问：你怎么知道？

我大胆地望着他的眼睛，不再回避那发烫的辐射："每天……我都在阳台上看、你！"

"你在阳台上，看我？我……怎么不知道，怎么会不知道呢？！"

"……你也往阳台上望？"

他点点头，又抬起，望着天空。

"是的，我在你家门前徘徊一年多，每天都望你的窗口……可惜我没有勇气跟你讲……你真的，每天在看我？"

"是的，"我说，"我也没有勇气，好不容易下了决心……"

"可，现在……我上星期结的婚……"他的头还那么抬着。我看到他眼里闪着亮……不会是眼泪吧！

从阳台上往下望去，铁青色的栅栏外，总有人群走过，疙疙瘩瘩的小街笼罩在迷蒙的雾霭之中。

1986 年 9 月

奇异的红房子

区政府班子局部调整的第三日，老刘便因意外车祸住进了医院。大腿骨折，非半年不能上班。好在区里的班子稳定了，他的心病已消。

在打着石膏牵引的病床上，老刘依然工作着，人逐渐消瘦。在病房开会、听汇报、布置工作、接待上级有关同志，哪怕细小的事儿也要经过他签字……一位跟随他若干年的老部下被感动得泪湿眼眶，劝他："老刘，你是病人，这样会把身体搞垮的。"

他说："区里积压的问题太多了，你说我能不管？良心不忍哪。"

他日夜忙碌的样子，连骨科的医务人员看了都感动。

某日，区城建局的一位副局长拿来一项规划报告，并将项目一一列出。老刘请他把文件袋放到床头，同他谈起区里的工作。

"群众一致反映新班子工作大见成效，很多人都想拜访您，都说您是难得的好领导……别的没有什么了。"副局长说。

老刘还问：赵书记的老姑娘生孩子了吗？是丫头还是小子？孙区长的儿子从部队转业回来没有？

第二日，城建局的规划批回去了。

三个月后，老刘下床活动了，躺床期间，他还抽空精读了《马克思选集》和《三国演义》。

那天他活动到阳台上，远看楼下阳光充足的街道，心里觉得舒坦，想坐坐汽车或者早起跑步。偶然，街对面出现一座结构十分精巧的新房子，欧式建筑风格的尖顶的小房子，房顶是大红色的，颇显眼。这座北方小城的建筑是以古朴为特色取胜的，他心里有一股莫名其妙的滋味儿。

老刘又活动到窗前，还是看到那个尖顶的红房子，他觉得这个房子容易让人觉得崇洋媚外。

老刘再活动到窗前，开始琢磨尖顶小房子，他想：红色房顶太刺激，很容易让人联想起别的什么，不如绿的或蓝的好。

每天，老刘总要看那红房子。房子是干什么用的呢？做展览室或游艺室，那绝不行，太小！那是卖纪念品的？比方外国邮票、工艺品、纪念卡什么的……

六个月后，老刘终于能拄拐到户外运动了。出了医院大门，他想起那红房子。他慢慢地走过横街，一步一步终于跨过小街，他慢慢抬头看那房子，见门上方写着：公共厕所。

1987 年 2 月

chǒu

丑

chǒu

丑

同学付词在我的印象中是典型的北方男人，心大，线条粗。近日来，不知为什么变得敏感细腻起来。他常在夜里十点以后给我挂电话，除了交流一些读书的体会外，谈论更多的是他的丑丑，说"他的丑丑"如何通情达理，如何滋蔓母性的善良，如何抚慰他灵魂深处的创伤等等，付词离婚四五年了，有很长一段时间，我为他找到新的爱情而感到高兴。不久，我去拜访付词，问及他的"丑丑"。不想，丑丑是一只白色的雌狮子狗。

说起来，我对宠物狗或者其他宠物并没有天然的敌意，甚至在我儿子幼小的时候，我还动意养点什么，以使困居大城市中的孩子有机会同动物亲近。由于客观环境限制，这个想法与我的很多好想法一样，只停留在萌生的初级阶段便夭折了。后来，宠物队伍在城市中一天天发展壮大，以惊人的速度繁殖起来时，我的想法才发生了改变。

每到傍晚，舞蹈着碎步的宠物狗出现在大街小巷，走在路上，你时不时都担心小东西绊到你的腿上，你不小心碰到了人家的宝贝，最起码会引起一些口舌之争。有的时候，小东西还在你不注意的时候，突然跑到你的脚下咆哮几声，让你虚惊一场。大人都能被吓到，小孩子就更难幸免，我儿子小的时候，常常被突如其来的宠物狗吓得哭起来。我们的城市，人口稠密，到处拥挤，宠物也来争取生存空间，这也算一个特色吧。

好不容易下了决心，用公积金贷款买了一套新住宅，那是一个漂亮的封闭式小区。白天工作忙了一天，晚上吃完饭，在满目青草的小区内走一走，心情真是很好。不想，我的好心情并没有持续两天，又看到了满地乱窜的宠物狗。一只两只，一天比一天多，那天，我细心地数了一下，大概有二十八只。我的天哪，一个不足一千平方米的场地里，除却花坛和草坪，放射形状的人行道上，每走几步就会碰到一只，原本散步时的悠闲变得小心翼翼、紧张感十足。那些小东西蹿来蹿去，这个抬腿在椅子边留下"领地"气味，没一会儿，另一个又来了，嗅一嗅，也一抬腿。本来洁净漂亮的小区，到处都是宠物的粪便，几乎抬眼可见，有几次我夜里回家，多半没有侥幸逃过"狗屎运"，进门脱鞋时发现，我的鞋底粘了黑色的黏物。

我把以上对宠物的看法和感受告诉付词，他立即与我展开了激烈的争论。

我说宠物的花费相对时下的经济实际来说，属于高消费，我还计算了宠物花费与建希望小学的比例。付词指责我不该用传统的眼光来看待新生事物。争论到最后，他脖子青筋毕露，站起来大声说："请你不要用你的想法替代别人的活法儿，行吗？"

有一天，我和几个同学应邀到付词家聚会。大家兴高采烈地正待入席时，付词对我说："你不要对丑丑那么冷漠，狗通人性，你喂它一块小肠肠，你们的关系就会友好很多。""小肠肠"，麻死人没商量吗？碍于情面，我还是按着付词的指令行事，谁想，这个时候，丑丑大概急了点，一张嘴，把我的手指咬破了。接下来，大家都没了聚餐的心情，陪我去卫生防疫站打狂犬疫苗，忙得不亦乐乎。

　　我有这样的疑问，养宠物算是贵族阶层生活的方式或者传统？富到没事儿可做的时候，养个宠物以填充无聊或者叫乐趣也行。我们什么时候一夜间生出那么多牵着宠物狗的慵懒贵族？养宠物的生活方式肯定与保护自然界生态平衡无关，而那些牵着宠物狗徜徉在街尾巷头的人也未必都是贵族。别的不说，就说我们小区吧，那些刚刚解决了温饱的人——有很多还都拿着低保，他们可能压根儿就没往贵族这个词上想。

　　下雪那天夜里，我被手机吵醒了。电话是付词打来的。付词说他在医院，让我过去帮忙。我问他怎么啦？他说不是他，是丑丑。"丑丑正在抢救，可能要不行了！"我十分生气，把手机关掉了。没过两分钟，座机的铃声响了起来。我从床上跳到地上，把电话线拔掉。这样，付词是不能干扰我了，可我也无法睡眠。我一会儿躺在床上，一会儿坐起来，一直折腾到窗外蒙蒙透亮。"这个付词呀，他一定病得不轻……他要没病才奇怪了。"我愤恨地想。

　　付词真的和我生气了，自此不再理我。

　　大概两个月后，我在同学聚会上见到付词，才知道他已经和前妻复婚，她的前妻跟他分手时曾留了一条小狗，他给小狗起了前妻的乳名"丑丑"。尽管我跟付词关系密切，但我并不知道他前妻的乳名。

　　付词的前妻两个月前做了一次大手术，好不容易从鬼门关爬了回来。一位女同学说，想不到付词那种没心没肺的人，这次对老婆关心得无微不至。看来，人也是可以改变的。听她这样说，我想起下雪天那个深夜的电话，以及付词提到的"丑丑"。

2005 年 5 月

私 学

sī   xué

嘉树答应给二十八个孩子上课完全是看表姐梅青的面子。梅青请他吃卤肉面时，嘉树已经在这个城市里飘荡了一个月。梅青似乎知道嘉树求职的艰难，她说如果你到船厂教孩子，帮我们解决了困难，你也不用天天跑劳务市场了。嘉树纠正说："是人才市场。"按常规，人才市场里招的是有学历的人，工作大多是"白领"，而劳务市场常常招收"蓝领"。梅青说我知道，可城里找工作不容易，我听说很多家在城里的大学生都找不到满意的工作，何况我们乡下来的！嘉树不言语了。

当初嘉树读师范专科学校，就是为了离开农村，毕业后他才知道，真正需要他的恰恰是家乡的小学。嘉树当然不能回去，可当他到了城市才发现，那些没读大学的同乡早就进城了。为了表示自己跟他们的区别，嘉树不怎么跟他们交往，也不做力工。嘉树对表姐说，为了完成学业，我家以及我本人付出多少，你应该想象得到。梅青说你自己最好别背包袱，从大的方面来说，干啥不是打工呢？

二十八个孩子是船厂外来务工人员的子女，年龄在七至十岁之间。他们属于父母"扔"不下的，可又没资格在城里的学校上学，家长们商量来商量去，决定自己请老师教课，梅青立即想到了嘉树。

新学期开学，嘉树的"学校"也准备开课，教学地点在离民工宿舍不远的一个空车间里，黑板是旧物市场上找来的，桌椅是各家拼凑的，不过，学生的教材和嘉树的教学大纲却是从教育书店买来的，十分正规。从某种意义上说，嘉树就是这些孩子的"家教"，可他还是希望老师当得正式一些，严格按小学教学大纲和教学的制度操作，他还给学校起了名字——希望小学。嘉树当然知道，此"希望小学"和希望工程的"希望小学"含义是不同的，民工们不愿劳神去区别那些，他们只是觉得"希望"这个词很合他们的心意。

开学了，嘉树既当校长、教导主任、代课老师又当班主任，一个人忙得不可开交，他很投入，日子也过得充实，到了领工资的日子，民工一家一家凑钱给他时，他才突然意识到自己的特殊身份。月光下，梅青安慰嘉树，梅青说，圣人孔子当先生时，不也一家一家收猪大腿吗？嘉树说当初如果想到这一点，我也许不会答应你的，现在不会了，我和孩子们已经有了感情。梅青说从这一点上来说，我们还要感谢国家为我们培养了大学生。

六一儿童节快到了。嘉树想搞一次运动会，跑了两天没找到合适的场地，于是他征求家长的意见，将运动会改成了演唱会。经过十几天紧锣密鼓的筹备，演唱会准备妥当。"六一"那天下小雨，而孩子的家长也想观看演出，于是纷纷请假。巧合的是，那天市长去船厂视察，走到停用多年的旧车间前，他突然听到了齐刷刷的童音——我们的祖国是花园／花园里花朵真鲜艳／和暖的阳光照耀着我们／每个人脸上都笑开颜／娃哈哈娃哈哈／每个人脸上都笑开颜……孩子可着嗓子、忘我地唱着。市长了解情况后，心里很难过，他说看看吧，这就是我们万吨油轮建设者的孩子，这就是我们祖国的花朵！

据说市长回去后就做了一个批示，批示内容嘉树不知道，孩子们的家长也不知道，情况是这样的，没出半个月，这些孩子就被安排到不远的一个小学里插班就读。孩子们有了着落，嘉树却又一次失业了。市长当然不会想到嘉树，为他专门做一个批示。

——梅青却没忘记嘉树。

嘉树继续在这个城市里找工作，尽管他无法在简历中填上工作履历，可他觉得：没什么可怕的，自己已经有过教学经历了，他当过校长、教导主任、代课老师以及班主任……

2002 年 5 月

cā jiān ér guò

擦肩而过

我毕业时在一个算冷门的研究所工作，研究所所长与我同姓，也姓张。他是"文革"前大学毕业生，比我大二十岁。尽管我们之间有年龄差，不过，友情不赖，并以兄弟相称。刚工作那会儿，我是快乐的单身汉，所以，常常去他家蹭饭吃。当时，老张家里除了"我大嫂"之外，他还有两个女儿，大女儿叫"舒"，二女儿叫"畅"。那个时候，舒也就十五六岁，畅十一二岁。她俩对我都十分友好，总是"叔叔"地叫我。

　　几年之后，老张的两个女儿都长大了，而且考上了重点大学。

　　主要说的是舒。舒上大学时，我给她送过行。那天，大嫂做了十个菜，气氛热烈，我主动给舒敬了酒，还以长辈的口吻对她进行了鼓励和教诲。舒把自己杯里的红酒喝了，她喝酒的时候，我发现她的脸上升腾了两朵绯红的云霞。这时我才感觉到，舒已经长大了，真应了女大十八变的那句老话。她由我印象中的小女孩变成了女人，变得美丽而娴静了。

　　晚上八点，我随同老张一家人去火车站送行。在站台的灯光映衬下，舒的眼睛里闪烁着晶莹的泪花，上车前，舒对我们深情地回眸，在那一瞬间，我觉得自己怦然心动了。当时，我立刻想到我比舒大十多岁，并且，我是她的长辈——"叔"。我平静着内心，并有了羞耻和罪恶感。

　　那之后，我调离了研究所，结婚生子，忙忙碌碌，可我与老张仍旧友好地来往，关于舒深情的眸子，也被堆积而来的日常琐事日渐淹没了。

舒放暑假寒假，老张会叫上我聚一聚，或者在他家，或者在饭店里，这样我就可以见到舒，每次见面舒都特别高兴。她显得健康活泼，话也多起来了。尽管我可以看出舒的目光中隐含着一种深长的意味，她的目光令我不安和迷幻，可我们之间的界限仍十分分明。

但是去年冬天发生的事儿是我始料不及的。

去年冬天，我到北京出差，受老张，特别是大嫂的委托，我给舒带了一些东西。

到北京已经是下午三点，我打的第一个电话就是给舒。舒大概同家里通过电话，她知道我捎东西给她，所以，接通电话她就问我在什么地方。"我马上就过去！"舒声音清楚地说。

没过多久，舒来到我住的饭店。进了房间，舒的脸开始红了。我主动调节气氛，告诉她家里各方面"都挺好的"，还关切地问了她的学习情况。这时，舒已经读研究生两年了，她还是刚读大学时的样子，安安静静地望着我。

"是这样，"我说，"学习很重要。当然，也要注意身体，身体也很重要。"在我们吃饭之前，我说的基本都是这一类的废话。

傍晚，我提出请舒吃饭。我觉得无论从哪个角度，都应该是我请她吃饭。舒非常愉快地接受了邀请，于是，我们就在宾馆对面的一个饭馆里找了个座位。我请舒点菜，舒也不推辞，她大大方方且十分内行地点了菜，那样子像女主人一般，我反而成了客人。"要不要喝点酒？"舒问我。

"当然。"我回答。

在喝酒的过程中，舒的目光特别起来。我继续保持着长辈的心态，用长辈的口吻同她说话。舒说："我觉得，现在不是我们两个人在谈话，好像做样子给别人看。"

我愣住了，想不到舒会这样说。

舒开始沉默，她不停地喝酒，脸渐渐红了。"不能再喝了。"我说。舒说："不，我还想喝。张叔，你不是挺关心我的吗？现在我把我男朋友的情况讲给你听，你帮我参谋参谋。"

我说："当然……好。"

舒讲了起来，她讲得十分流畅，她说她从十六岁开始就喜欢一个男人，那个男人比她大十二岁。"年龄并不重要！"她说。重要的是那个男人是第一个敲开她心扉的人，她的初恋是从那个男人开始的。可那个男人根本就不注意她，尽管她想了很多吸引他注意的方法，效果还是不理想。她读大学时，那个男人找了个女人，半年时间就结婚了，她知道这个消息曾痛不欲生，她想给那个男人留一封洒满泪水的信，然后悄悄死去。那个男人读到信以后会痛惜一生……后来，懦弱使她从死亡的边缘退了回来，痛苦成了她读书的动力，她以优异的成绩考上了研究生（她暗恋的男人的妻子就是硕士生），她还要读博士，到那个时候再把一切都告诉他……"你说，我这样做对不对？"

当时，我的大脑一片空白，我不知道如何回答舒。无法回答

158

是因为，我觉得舒说的那个男人像我，可我又不敢确定。如果那个男人不是我，我也许还可以从宽慰的角度对舒开导一番。沉默了一会儿，我决定假定那个男人就是我，即便不是我，我也避免了冒险。我说："你不一定了解那个男人，你喜欢的也许不是那个男人而是一个概念，就是说，你把那个男人优秀的一面放大了，从而自己给自己设了个迷雾阵。"

"并不是你说的那样。"舒说。

"可你想到没有，你们对爱的付出是不一样的，你付出了那么多，他却没有付出，甚至你还不知道他怎么想的，这样公平吗？"

"爱不是商品交换，不需要等价的。"

"可是，他已经结婚了，你们不可能有现实的结果。"

"爱人是我自己的权利，就是没有结果，我也不至于后悔！"

后来，我送舒回学校已经是晚上十点了，走到学校门口，舒突然把我抱住了，她对我说："你知道我说的那个人是你，我知道你也喜欢我。"我显得十分惊慌，与此同时，我看到灯光下，舒已经满脸泪水。

我故意说："舒你别同张叔开玩笑，你别开玩笑！"就把舒推到了学校的大门里……

那一夜，我失眠了。第二天早晨，我一打开窗帘，就看见了宾馆院子里走来的舒，我不知道怎么处理这个问题，也怕给她太大的伤害。我慌慌张张穿上衣服，拎起皮包沿安全通道跑了。舒从电梯口走到我的房间时，我已经逃出她的视野之外……

自打舒和我表白之后，再面对妻子时，我觉得她不是我"最好的苹果"，我们之间的关系也被重新定义了。奇怪的是，正是由于这种不算满意的选择，让我们磕磕绊绊、风雨无阻地走到了"金婚"。

　　多年以后我才得到舒的消息，我们见面不到半年她就结婚了，还生了一对双胞胎。

2003 年 4 月

zhi ying bi

掷 硬 币

有一次在外交楼和一个老鬼喝酒，他突然让我讲一讲我的初恋。我的老鬼朋友叫班尼·罗伯特，哥伦比亚大学的汉学家。他认为我的意识里有自闭症倾向，这大概与我童年的社会环境有关，是长期的性封闭导致的结果。不过他说，这也是人类共有的体验。

我的初恋是这样的，我读大学是1982年，上大学的第一年开始，我就默默地暗恋一个叫雯的女同学，她属于风情外露的那种女孩子，现在我可能有了另一种看法，不过当时我真的被她的青春魅力所征服，几乎沉浸其中不能自拔。在很多寂寞难耐的长夜里，我都幻想着我们在一个如小说情节般巧合的环境里生长爱情。比如在一个浪漫的雨天里，她正巧没带伞，我给她撑伞，相伴着走过那条落着鹅蛋形树叶的小路，我们用眼睛和心灵交流了一切。比如有一天，她在学院田径场上遇到了歹徒，在最危急的时刻，我出现了。那个歹徒应该是色心大胆子小的人，在体能上我也占优势，这样，我就会成了"救美"的英雄。在她感激涕零的时候，我什么都不说，高昂着头颅离开。关于见面的情形我设计了十几种，事实上，哪怕一个类似的情境也没发生过。

大学第三年似乎发生了转机，雯甩掉了众多的追求者，经常来我的宿舍。就在我暗自喜悦时，发现雯对我和我同宿舍的辉都好，并且，她对辉显得比对我还要好。那年夏天，高校联合举办艺术节，我们系排演的是莎士比亚的《如愿》，碰巧我们三个人在剧中都有角色。雯演的是公爵之女罗萨兰，辉演的是爵士之子欧兰多，而我不幸地演了牧师奥利佛·玛台克斯先生。莎翁剧中有一段台词被他俩在排练时篡改了，我当时十分震惊，也十分气愤。

欧（辉）：我恐怕是治不好的，青年。

罗（雯）：我可以治好你，只要你叫我罗萨兰，并且每天到我的茅舍里来向我求婚。

欧（辉）：真的，我时时都想向你求婚，只要你有一个承诺，为你做什么我都情愿。（台词原文是：我以真情为誓，我一定去，告诉我在什么地方。）

罗（雯）：那要看心灵的方向，你要指引我。（台词原文是：跟了我去，我引你去看，同时你也得告诉我你住在树林的什么地方。）

我失望了。辉是我的好友，原本是我先爱上雯的，可辉中途杀将过来，我不得不同辉开诚布公地谈一次。那天晚上，我们来到了篮球场。在朦胧的月光下，我和辉的谈判也一样纠缠不清，没有头绪。后来，我提议采取竞争的方式来处理。辉同意我的意见，他说就比赛跑吧！我知道赛跑不是他的对手，就提议比围棋，围棋是我的强项。也许出于同样的原因，我们的协议没有达成。最后，我们采取了最简单的办法，石头剪刀布。我们都把手藏到身后，随口号同时亮出手来。第一次他出的是剪子，我出的也是剪子。第二次他出的是布，我出的也是布。第三次是不幸的，辉仍然是布，而我太心切了，出的是石头。

我不甘心，提出再比一次，抛一枚硬币，用硬币的正反面来定胜负。辉见我有些恼怒，他不太情愿地说：好吧！尽管我为自己争取了一次机会，我也得承认，辉比我有优势，他赢了一次，他占有心理优势，而我，只能背水一战。

抛硬币前我要了"字"，辉只能剩下"面"。我胆战心惊地将一枚镍币高高抛起，不幸的是，我看到的仍然是"面"。

我是信守诺言的人，那之后我就开始躲雯了，并且见到雯还表现出厌恶的情绪。说起来我们的行为过于荒唐了，也十分可笑，可那个时候，我们的确是认真的，我们不可能摆脱那个年代的局限。就像现在，我一样做着傻事儿。

我从这场竞争中退了出来，令我感到奇怪的是，雯也很快同辉分了手，毕业那年，雯只身去了美国。

几年后，辉见到了我，我们在路边一家小酒馆叫了几个菜，一边喝酒一边谈往事。辉说我退出去之后，雯也不理他了，他好像觉得这个游戏必须得我们三个人才行。当时，辉特别恨我，认为我明修栈道，暗度陈仓。他说：本来我以为我们之间的友谊完蛋了，一辈子都不想见你，后来雯走了，我才知道误解了你。那天晚上，在轻风摇动的灯影下，我和辉彼此安慰着，像两个受了伤的刚刚成年的公熊。后来我们都有些喝醉了，我说：没什么了不起的。辉也说：本来就没什么了不起的嘛！

我再见到雯已经是十年之后了。雯从美国回来时专门来看我，她告诉我，在大学时她就爱上了我，为了能接近我，她故意找辉，她已经做了努力，结果是我没有给她机会。我逻辑混乱地向雯做着解释，雯噙着泪说：是你撕开了我青春情感的伤口……我知道时光不可能倒流，曾经已经成为身后的背影。雯擦了擦眼睛，看着我：不过，我决不让你来弥合我的伤口。

雯说：知道我见你之前做了什么吗？我抛了一枚硬币，"字"，见。"面"，不见。好巧，抛了三次都是"字"。

2003 年 5 月

北部

niǎo de yù yán

鸟的寓言

刚刚哥和小眨眨是在电视台相亲节目牵手的，刚刚哥本来以为是一场娱乐秀——舞台上牵手，舞台下分手。相亲秀实现了预期目的：成全了电视台收视率和广告收益，小眨眨也实现了梦想进军娱乐界的愿望，而刚刚哥也在半年前分手的女友面前出了气，维持了虚荣。从电视台演播大厅出来，刚刚哥和小眨眨都松了一口气。刚刚哥对小眨眨说，趁你拉黑我的微信之前，我还是主动把微信删了吧。小眨眨说，你太逗了，何必那么急着要人家的态度呢，其实我们做不成恋人还是可以做朋友的！

事态的发展打破了刚刚哥和小眨眨的计划，双方家长和亲朋好友都看了电视节目，甚至观点一致地认为刚刚哥和小眨眨是完美的一对儿。说到这里需要解释一下，刚刚哥和小眨眨是两只小麻雀。接下来，相亲活动从舞台移到了现实生活中，麻雀长辈们忙碌起来，毫不吝啬地挥洒着精力和热情。

刚刚哥和小眨眨虽同属一个地域，他们的身份却有差别，小眨眨属于城市住户，家在城市中心的公园里，算得上书香门第，一开始心理上就占了优势。刚刚哥属于城郊住户，贴近大自然，丰衣足食，可毕竟属于劳动阶层。所以，第一次两家老麻雀见面，眨妈和眨爸几乎无视刚刚哥家周边的自然美景，张口闭口讲的都是文化，比如公园里的音乐、地面书法、扇子舞什么的，吃的也不一样，游园的孩子们捧上（丢下）的都是西洋点心。送走眨妈和眨爸，刚爸和刚妈望着树梢后的夕阳唉声叹气。不过刚爸很快找到了安慰，他对刚妈说，咱儿子还算有福气，攀上了人家的高枝儿。我曾祖的曾祖曾经预言，到了俺家第十二代，血统就会大大改变，这样一算，到了刚刚这一辈儿，正好十二代。刚妈不屑地扭过头去，她说别听他们白话，她家的血统也高贵不到哪儿去，我听说他们祖上不过是鸟王的礼仪官。

按习俗和礼节，女方家长随后安排见面会，刚刚哥陪刚爸和刚妈来到了华丽、秀美的中央公园，刚爸和刚妈的眼神儿都不够用了，他们跟在刚刚哥身后，生怕自己的形象影响了华丽气派的环境。

聚餐之前，眨爸和眨妈带刚刚哥一家参观博物馆，那个博物馆是眨爸为纪念家族先祖修建的，有点类似人类建的祠堂，里面摆满了牌位。

眨爸介绍说，这个是我曾祖的曾祖，为鸟王服役大半辈子，告老还乡时赶上人类除"四害"运动，就从遥远的京城来到这里安家落户……他大概想到，刚妈和刚爸听不懂，进一步解释说，人类在 20 世纪 50 年代开展了一场全民性的除四害运动，我们麻雀被当成一害，差点被赶尽杀绝。当然，古怪的人类和我们的纪年方式是不一样的，不去管他了。……我曾祖的曾祖就在这个地方避难，从此福荫了我们这些后代。

刚妈大气不出地跟在后面，刚爸却流露出羡慕的神色。

眨爸沿着牌位摆放的方向继续介绍：这是我曾祖的父亲，到了人类的 20 世纪 80 年代，我们麻雀又遭遇了劫难，我们成了古怪人类外贸出口的商品，增加农民的副业收入。好在我们住在城里，没受到灾难的波及。刚妈的脸色很难看，她大概联想到自己家族的一些不幸。

眨爸说，到了我曾祖的时候，也就是人类所谓的 20 世纪 90 年代，古怪的人类兴起烧烤炸麻雀热，我们成为他们时兴的一道下酒菜，公园里有人设网，有人射击，有人下药，好在我曾祖机灵，几次虎口脱险，这才延续了家族的血脉。

刚爸表情凝重地点头，啧啧地发出感慨。

眨爸仍兴致勃勃，他指着一个牌位说，这个是我爷爷，从他开始，我们麻雀终于进入了美好时代。人类的 2002 年 8 月，他们的鸟类专家组全体成员投票，一致通过将麻雀评为国家保护动物。不过话说回来，虽然经历过那么多灾难，我们还是顽强地繁衍下来，一点都没输给古怪的人类……

刚爸笑眯眯地瞅了瞅刚妈，刚妈白了刚爸一眼。

这时，眨妈在树枝后面喊道：用餐时间到了！

吃饭时，眨妈絮絮叨叨地讲小眨眨天资如何聪明，从小就在公园里耳濡目染，能歌善舞，多才多艺。刚妈有些不服气，她插话说，刚刚哥从小就身强体壮，别的小麻雀最多每秒飞十米，刚刚哥可以飞十一米，别的小麻雀最高可以飞二十米，刚刚哥可以飞二十一点五米。刚爸用脚偷偷蹬了刚妈一下，刚妈大声喊：本来就是嘛，难道我说错了吗？

吃过饭，刚刚哥偷偷给小眨眨发了一条微信：我有些讨厌这些长辈！小眨眨的回复是"Me，too"。

半年后，刚刚哥应邀参加一个鸟类基因测试，测试结果表明，刚刚哥的 DNA 更接近鸟王家族，而刚妈也从坊间了解到，小眨眨的祖先仅仅给鸟王表演过杂耍和魔术。

màn huà shēng ròu

漫画生肉

zhī　yì
之《译》

这个故事的主人公叫华子。华子是个绘画天才，打六岁第一次获得新加坡国际儿童绘画金奖开始，一直到初中辍学，他获得的奖励证书贴满了他家窄小、暗黄的方厅。华子父母身上并没有艺术细胞，他老爹是环卫队的清洁车司机，妈妈是理发店的理发师，他们都把梦想寄托在华子身上。十余年来，他们节衣缩食、风雨无阻地送华子去各种美术辅导班，最终华子还是辍学了，没办法呀，华子成长这段时间，教育体制要求全面发展，停留在加减乘除阶段的华子肯定吃亏，初中时门门功课不及格，辍学也是无奈的事情。

华子的邻家小妹莓儿比他辍学还早，莓儿辍学跟学习没关系，是身体原因。莓儿得了一种怪病，她不能像常人那样与人交流，怕风怕光，甚至怕白天，她整天把自己关在家里读书，也许她有一个自己的世界，她的世界与现实世界没有关系。

华子跟莓儿什么时候接触的，没人知道。有一天莓儿的父亲发现莓儿和华子来往时，莓儿已经画了一手好画，莓儿父亲十分感谢华子，还专门到华子家拜访，给华子送了一千多块钱的绘画工具。不想，那年初春，莓儿父亲出重手打了华子。如果不是莓儿替华子挡了父亲戳来的伞尖儿，华子的一只眼睛恐怕就瞎了。

华子的父母并不知道华子和莓儿之间发生了什么，从莓儿父亲暴怒的态度中，他们知道出了大事儿，莓儿是个病女孩儿，一定是儿子欺负了人家，他们没有争辩，除了教训儿子，就是向莓儿家赔礼道歉。莓儿父亲并不接受道歉，他声明，以后不管在什么地方看见华子，他见一次就要揍华子一次。

正好那段时间中介公司招收去日本画漫画的研修生，名义是研修生，其实就是打工的。华子父亲准备送华子去日本。去日本打工也不容易，培训费、中介费什么的加到一起好几万，华子父母亲商量来商量去，只能把房子卖了，他们觉得华子留在国内，早晚还得给他们惹出祸端，如果他画画能自食其力，也算了却他们一块心病。

华子去日本时心情并不好，好像被家里抛弃了一样，所以到日本一年多时间没跟家里联系。华子父母都担心华子的生存状况，透过熟人和中介公司不断打听华子的情况，好在他们听说华子能吃饱喝足，也算得到些许安慰。

转机发生在华子去日本的第三年，严格说是两年零七个月，那天，华子的父亲收到一笔从日本汇来的巨款，随后，一位自称是华子经纪人，叫岩下的先生来找华子父亲，说那些钱是华子给父母买房子的。岩下还带来一些图片和影像资料，华子的父母这才知道，华子在日本漫画界已经成了大神级人物，他所在的漫画出版社公司也准备进入中国市场。华子父亲表示房子不重要，早一天或晚一天买都无所谓，目前最想见的还是儿子。岩下说，现在还不行，他没时间接待你们。华子母亲说，我们不打扰他，从旁边看看就行，说着还嘤嘤地哭起来。岩下一脸严肃，他说主要是华桑不想见你们，他说他不喜欢你们！

华子父母住进宽敞的楼房之后，从电视上看到消息，知道华子的漫画已经在国内出版了。第二天早晨有人敲门，华子父亲打开房门一看，是莓儿爸爸。他刚想关门，莓儿爸爸说求求你别关门！华子父亲看到，莓儿爸爸的目光是诚恳的。

原来，华子的漫画没有文字说明，无法翻译，业内把没翻译的日本漫画叫漫画生肉，他这个漫画生肉可不是一般的生肉，加之日本人理解漫画和中国人理解漫画不一样，出版社碰到了难题。后来，不知道出版社从什么渠道得知莓儿能够理解华子的漫画，就请莓儿出面试解，谁想，莓儿不仅理解漫画的意图，几乎完美地翻译了作品。出版社破格录取了莓儿，聘请她为特约编辑。莓儿父亲觉得有愧于华子，特地登门致歉。

华子父亲叹了口气，这个时候他有底气问莓儿爸了，当初华子和莓儿之间到底发生了什么？莓儿爸叹了口气，他说那天我回家，发现莓儿床上有大摊的血迹，你可能不知道，莓儿的病是不能流血的，一旦流血生命不保。华子父亲愣愣地看了华子母亲一眼，他说如果是这样，华子为什么到今天还不原谅我们呢？

漫画生肉

之《择》

日本漫画精英一般都聚集在东京练马、杉并、新宿和涩谷。作为精英中的精英，华子却隐居在京都金阁寺不远一片松林掩映的宅子里，他没日没夜地画呀画的，出版的漫画书堆满了屋子，仿佛自己淹没在书的海洋里。华子这叶小舟在漫画汪洋里一漂就漂了十年，十年间他很少感受外界的寒来暑往，对外界的褒奖和膜拜、八卦和讥讽也都一概不知，完全沉浸在自我封闭的世界里，这样的状态无疑对创作有利，但对华子的个人健康来说，尤其是精神健康就不那么乐观了，两年前，漫画界就流出华子精神出了问题的传言。

　　一天早晨，华子仿佛突然从沉睡的大梦中回到了现实世界，他对餐桌对面的岩下说，我想吃好东西！能不能帮我买来日本最好吃的食物？岩下先是一愣，接着，手中的咖啡泼满了前胸襟。岩下去给华子置办奢侈的食物时，偷偷给株式会社的董事挂了电话。由于华子之前一直不食人间烟火，一些董事担心华子这样的天才之星会过早陨落，暗自里减持公司的股票。这个消息一定十分鼓舞士气。

　　那天晚上，华子胃口大开，吃了顶级金枪鱼、神户牛排和柔石料理，吃得对面的岩下目瞪口呆。吃过了，华子抹了抹嘴巴，对岩下说，我是不是该考虑找一个女伴？岩下一下子跳了起来，对于他来说，真是惊喜不断！岩下说应该应该，早就该这样了。……请问华桑，您想找什么样的女伴呢？依您目前的条件，找什么样的女伴都不会困难。

华子有些冷漠地说，我想找一个智能女伴。岩下手里的咖啡杯又倾斜了，一点点染到领带和衬衣上。

华子不理会岩下，思忖着，用手比画着。岩下试探着问，亚裔女孩？华子摇了摇头。岩下又问，洋妞？华子又摇了摇头。岩下摊开双手：不会是黑姑娘吧？华子说不不不。岩下糊涂了，问，那是什么样的智能女伴呢？漫画二次元？华子拿起笔来，画了一个女孩的模样。岩下看着，手端着下巴点头，他说还是亚裔女孩嘛。华子说，不是哪一类女孩，而是这个模样的女孩儿。

岩下拿着华子的画稿去世界各地联系智能机器人了，不知道哪个环节没保密好，华子要找智能机器女孩的消息还是泄露了出去，在一定的范围内引起了震荡和波动，华子的粉丝有的伤痛欲绝，有的甚至跑到街上做出极端的事儿来。为扭转舆论带来的负面影响，公司智囊团接连几夜讨论，决定顺水推舟，最终策划出一个借力打力的方案，他们将以现象级事件和行为艺术的方式，把华子选智能女友事件公开化，更深入、更广泛地挖掘其背后的经济价值。

华子选女伴活动安排在东京国际智能博览会开幕式上，经过三周的热身，这一事件已经发酵成轰动效应。活动当天，会展中心门前人山人海，明星大腕云集，摄像机长枪短炮形成了围墙，在大家翘首以盼中，却迟迟见不到华子的身影。——华子突然决定，他将通过电脑连线的方式选择女伴。

华子的举动打碎了十几个关联方的梦想，好在他还给这个炒热的事件维持了一点温度，华子选走的是七号智能女伴。

华子选走了女伴，后边的事儿他就不管了，有一大堆人在给他收尾呢。无论是褒还是贬，华子本来就不在乎。

在京都那座静谧的房子里，斜阳透过木格窗照在智能机器人身上，华子翻来覆去打量那个女伴，不久，他的兴致就消失了，丢下女伴去画漫画。这时，女伴说话了：私は座ってもいいですか。华子抬头瞅了瞅女伴，严肃地说，请说中国话！女伴问，您不会日语吗？华子说我来日本十年，可我从不说日语。女伴说，您不喜欢日语吗？华子说，我是中国人，我最喜欢的还是中国话。

女伴用中国话说，我可以坐下来吗？

华子说这样说不就好了吗？我不管你会几国语言，以后你跟我只能说中国话。

女伴说好的。

华子继续画画，房间里沉静下来，只有华子笔尖划出的摩擦声。

过了一会儿，女伴问，我可以看您绘画吗？

华子说，请随意！

女伴走到华子身边，她把手轻轻地放在华子肩上。

华子笑了，他似乎觉得很舒服。

女伴又将前胸贴在华子的后背上，呼吸变得有些急促，胸口起伏着，慢慢地，女伴的脸凑到华子耳边……华子手里的笔从笔尖滴下一滴脏墨。

华子转过身来,笑着对女伴说,现在的机器人这么高级了吗?会呼吸,有体味儿,还有温度?

女伴没笑,她拿起华子画坏了的画稿看了看,然后望着华子的眼睛问:华先生,您画的女孩为什么胸口都有一个痦子呢?华子的脸色立刻变了,盯着女伴仔细观看。女伴的眼睛里渐渐渗出泪水,同时,一点点脱去银光闪闪、金属感很强的衣服,她的胸口露出一个痦子……

华子尖叫了一声,捂住眼睛。

华子大声喊:莓儿,为什么是你,为什么是你!

据说华子在那天晚上就失踪了,一个月后岩下才找到他,不过,更伤心的应该是莓儿。莓儿向岩下表示,我理解华子,他需要时间,更需要我们的耐心!

màn huà shēng ròu

漫画生肉

zhī   shā

之《杀》

华子创作的漫画作品不计其数，其中很重要的一个原因，华子使用了很多笔名，十年累计下来，连华子所在的出版株式会社都难以精确统计了。华子自己最中意的作品叫《板凳侠》，中意不是得意，中意有个人喜好的成分。《板凳侠》不是最火的作品，加之华子用了笔名，所以很多读者没有把这个作品跟华子联系起来。

华子在创作别的漫画的同时，陆陆续续画了七年《板凳侠》，出版了四十多辑，并没有获得预期的市场效果，两年前公司果断决定，停止出版《板凳侠》。

转眼冬天来临了，一场夜雪过后，房前屋后一片银白。那天早晨，华子突然决定，他要把《板凳侠》捡起来，岩下先生沉默良久，随即委婉地劝阻华子，但华子的态度十分坚决，他将放下手里正在赶工的定制，不惜合同违约也要画《板凳侠》。

板凳侠讲的是玄幻故事，主人公是一个叫木的持剑少年，他英俊、冷酷、神通广大，侠骨柔肠，往来穿梭于宇宙十维空间里宣示正义、除暴安良。华子重操《板凳侠》这个旧业，是他自己不甘心？怀旧？还是受到了某种暗示？

华子一开始创作，人就进入痴迷甚至癫狂状态，他连续画了两天两夜，雪停那个早晨才仰在躺椅上睡着了。朦朦胧胧之中，华子被人推醒了，他睁开眼睛，看见木站在对面。华子打了个哈欠，转身继续睡去，不一会儿，他突然坐了起来，眼睛睁得大大的——果然是木，不是幻觉，木真真切切地站在他斜对面。

华子问，木，你活了吗？木冷笑着反问华子：你认为呢？你不是把我塑造成无所不能的人物了吗？华子伸手触碰一下木，觉得木有实体感，他高度紧张了起来，自言自语，这怎么可能，你不会是岩下定制的智能人吧？木说我只是木，你创造出来的怪物。华子觉得木说话的口气很不对头，问木，你来一定有什么愿望吧？木说是的，我来是想在你我之间做个了断。华子愣住了，问了断是什么意思，我们之间有问题吗？木说不是问题，是仇恨，你是我的敌人……华子连忙打断木：等等，我怎么会是你的敌人？我对你倾注了我最宝贵的精力、激情和理想，连你都是我造就的，我是你的恩人，不是你的敌人。华子的话对木没产生任何作用，木用剑指向华子，华子的喉头感受到冰凉彻骨的剑气。木冷冰冰地说，你塑造了我没错，但那是一个你理想中的木，不是我自己，理想中的木是不真实的，无论在哪个空间维度，事物都有依存的生态和条件，就像你们需要阳光、空气和水一样，你不能把我扔到虚幻之中，满足你的理想而牺牲了我，现在你明白为什么你是我的敌人了吧？华子似乎明白了，他说你不想做木了对不对？你所谓的了断就是阻止我继续画下去？木说我知道，我无法改变你的想法，也阻止不了你的决心，我唯一能做的就是杀死你，只有你死了，我才能自由地消失。华子笑了起来，他说你不要高估了你的能力，你是我创造的，你的所有弱点我都了如指掌，你杀死我？笑话！

事实上，是华子高估了自己的能力，他以为将新画的漫画烧掉，就可以在他和木之间竖起一道火墙，他没有想到，木可以穿越十维空间独来独往，这怎么能阻止得了木。华子唯一能做的就是跳到阳光下，使得木成像的影子模糊起来。华子立即跑出寺庙后的宅子，开始逃亡了。

华子登上回国的飞机，飞机在空中遇到了雷暴天气，他隐约感觉到木也进入到飞机客舱，华子连忙打开机舱遮光板，总算坚持下了飞机。

华子随着摩肩接踵的客流出了机场，他不敢回头，在迎接乘客的出口处，他意外地看到了莓儿。没等华子开口，莓儿说，岩下先生给我来了电话，他说你不辞而别，他还查了你的行程记录，所以，我一个小时前就手捧鲜花等在这里了。华子问，岩下为什么找你呢？莓儿笑了，她说你别忘了，你所有作品在国内的出版和翻译都是我做的。候机厅外阳光灿烂，华子舒了口气。他把莓儿拉到一边，劝告莓儿离他远一些，非常危险，莓儿不解，华子就把木从漫画中出来，正在追杀他的经过详细告诉莓儿。莓儿问怎么可以帮到华子，华子说他必须住在高强光的环境里，否则性命不保。

莓儿带华子去了童年住过的老房子，并且几乎在同时安排工人给那个老房子安装了几十个 LED 灯头。华子坚持一个人待在房子里，无奈，莓儿只好离开了。

华子在那个单色调、充满强光的房间里待了七天，他反复回忆自己生命过往的经历，很多记忆一点点复苏，他的眼角慢慢浸满泪水。

那天晚上，莓儿带着一本漫画书来看华子，她打开漫画书，房间里一片黑暗。华子惊慌起来，同时用身子挡在莓儿前面。黑暗中，一脸怒气的木出现了，他举剑向华子刺来，这时一个女剑客用一个红蓝相间的盾牌将剑挡住了。木大声说，没有谁可以挡住我的剑！你究竟是谁？女剑客回答：我是樱，是莓儿创造出来的，所有的恩恩怨怨都由我们两个来解决吧。

于是，木和樱凌空飞舞，凶狠格斗，令人眼花缭乱。后来，木和樱的影子从房间里消失了，但搏击声一直响彻九霄。

kuà guò méi zhī nián

跨过梅之年

蓝色向日葵：梦洁，我们现在要下飞机了，说是航班取消，你不用等了。

哭泣海绵：什么？我在接机厅白白等了一个小时！

蓝色向日葵：本来说延误到晚上九点，害得我们在飞机上干坐两个小时。刚刚又通知航班取消，真是够了！

哭泣海绵：不是说雷暴天气影响吗，雷暴天气也不会没完没了哇。

蓝色向日葵：鬼知道什么原因，现在也没解释。好了不跟你说了，正下飞机。等一会儿到了宾馆，按你说的，我跟你视频聊天。

…………

蓝色向日葵：在吗？

蓝色向日葵：还没到家吧？

哭泣海绵：在，滴滴快车上。你到酒店了？

蓝色向日葵：入住了。我向航空公司提出要一个单间，差价我出。没想到酒店给我安排了一个靠近二楼平台的地方，那个地方一定靠近中央空调主机，嗡嗡嗡地一直响。

哭泣海绵：没找他们调一个房间吗？

蓝色向日葵：找过了，他们说最后一个房间了，太晚了，算了！

哭泣海绵：好吧，我很快就到家了，到家后我们聊天。反正我也睡不了啦，在机场等你时喝了两杯咖啡。

蓝色向日葵：好，我先洗澡。

…………

蓝色向日葵：这回好了，能看见我吗？

哭泣海绵：看见了。

蓝色向日葵：刚才我打开语音聊天，总是显示"正在等待对方接受邀请"。

哭泣海绵：我在厨房里烧水……我过来接时你已经放弃了。

蓝色向日葵：梦洁呀，你好像又瘦了……

哭泣海绵：别胡乱恭维好不好，我最近长胖了七斤。

蓝色向日葵：是吗，看不出来，你还是那么漂亮。

哭泣海绵：别逗了，你是希望我夸夸你吧？咱三个闺密中，我是最丑的……

蓝色向日葵：最丑的都有了老公和孩子，漂亮的都剩下了。你这样说不是羞臊我吗？

哭泣海绵：本来嘛，你有你的追求，你看你现在多好，人见人爱的"白骨精"（白领骨干精英），自由快乐，别的不说，现在咱俩出门，小孩肯定管你叫姐姐管我叫阿姨，咱俩的距离拉得越来越大了。

蓝色向日葵：我的痛苦、孤独、无助你是体会不到的，不说这些了。爱军和孩子呢？

哭泣海绵：听说你要来，我把他们打发到婆家了……现在我又感受到单身的快乐了。

蓝色向日葵：梦洁你还记得夏天那个夜晚吗？你、陆婷，我们躺床上讨论梅之年。

哭泣海绵：我记得，那时是研二暑假前，之后陆婷还讲了鬼故事。

蓝色向日葵：日子是不经混的，想起那个夜晚感觉跟昨天一样，悲催的是，我和陆婷完美地跨过了梅之年。

哭泣海绵：不不，其实我也跨过了梅之年，梅之年说的花信年华不是二十四岁吗？我二十八岁才结婚。

蓝色向日葵：你不是。跨过了梅之年的女人就降价了，像过季的衣服，最后怎么降价都难遇到真想拥有你的人，碰到都是问价的，还有就是没底线砍价的……这才悲凉。

哭泣海绵：你没结婚就不算跨过梅之年，你跟我不一样，我才吃亏呢，一旦成了老婆、成了孩儿她娘，人家就不重视你了，你每天都要面对吃喝拉撒，囚禁在打理家务和照顾孩子上，几年熬下来人老珠黄，更没前途。

蓝色向日葵：唉，爱情和婚姻真是搞不清楚，有了，困惑，没有，苦恼，没人能实现等价交换的。陆婷曾经说过，要爱就爱上爱情。

哭泣海绵：说起陆婷我还有一段恐怖的经历，陆婷去世我并不知道，我还加过她的微信，我和那个也叫陆婷的人断断续续说了一个多月的话，实际上，陆婷早就去世了。

蓝色向日葵：所以你要跟我视频？怕我是假的？有一件事儿我一直瞒着你，陆婷病危时我在她身边，所以没告诉你，是因为那时你快生产了，怕你和胎儿受影响……

哭泣海绵：我理解。你说人生真是无常啊，陆婷胆小谨慎，过斑马线都小心翼翼，可她永远都不会想到自己却殒命于小得不能再小的危害，我听说蜱虫叮咬死亡概率万分之一……

蓝色向日葵：是。可那背后的原因你就不清楚了，其实陆婷去山区做志愿者是因为失恋，她有跟你讲过吗？

哭泣海绵：说过两句，没细讲。

蓝色向日葵：如果不是那种心境她也不会去森林，当然，森林里生活的人多了，都没事儿。我听说伏天第一场雨之前的蜱虫毒性大，落到地上的毒性就小了，树上的毒最大，当人和动物从树下经过，受过孕的蜱虫就本能地落下来。

哭泣海绵：可那么巧就落到人身上？落上了，也不一定就能叮咬上……

蓝色向日葵：陆婷太大意了，发烧时按感冒治疗，后来什么都晚了。

哭泣海绵：真令人痛惜！

蓝色向日葵：最后时刻，陆婷一会儿明白一会儿糊涂，她让我转告你，珍惜生命，在烦琐乏味的生活中知道珍惜，学会爱。拖了这么久才转述给你，抱歉哪！

哭泣海绵：别这样说！我们可是闺密呀。

蓝色向日葵：梦洁，本来我是要去见你的，这样看来，我们视频聊天也算见了……也许，也许我不必飞过去了。

哭泣海绵：怎么啦，依琴？我也没问你来大连有没有公干，你仅仅是为了见我……专程要来的吗？

蓝色向日葵：是呀，我想跟你告别！

哭泣海绵：你要去哪儿？出国定居吗？

蓝色向日葵：去另一个世界。

哭泣海绵：依琴！依琴！依琴！

蓝色向日葵：对不起梦洁，我无法和你视频了，我怕控制不了自己的表情。我还是语音聊天中再说几句吧。梦洁，要在烦琐乏味的生活中寻找快乐，在痛苦失望中体味甘甜，学会珍惜和爱。

哭泣海绵：依琴！依琴！千万不要……

——"请问是航空公司吗？什么？飞机已经落地了？"

蓝鸽儿与紫荆

蓝鸽儿这几天常跑图书馆，他知道紫荆姥姥的心脏不好，他还知道，紫荆的姥姥相信中医，因为她已经用了很多西医的方法，结果，只是维持而不能"去根儿"。紫荆对蓝鸽儿说，都说中医可以去根儿，我姥姥特信！蓝鸽儿并没有多少中医经验，不过，他十分上心。

　　蓝鸽儿当然不会想到，在去图书馆的路上会发生车祸。

　　蓝鸽儿和紫荆是网上情人，他们从去年春天相识，在网上谈情说爱已经一年多了。

　　在蓝鸽儿眼里，紫荆是二十七岁的少妇，丧偶，单身，师范大学毕业，现在在一所职工大学当老师。紫荆身高 161 厘米，A 型血，处女座，喜欢古典文学和音乐。紫荆很浪漫，有时情绪化，多少有点保守，常用传统观点看问题……在紫荆眼里，蓝鸽儿是二十九岁的单身男人，离异，理工大学毕业，在一家大型企业任工程师。蓝鸽儿身高 178 厘米，B 型血，喜欢运动，几乎所有与球有关的项目他都喜欢，除了球之外，他还喜欢钓鱼。

　　一年来，蓝鸽儿和紫荆虽然还坚守着不见面的约定和不介入现实生活等一些游戏规则，可他们真的谁也离不开谁了，每天晚上七点到十点，他们一定要在网上见面。讨论时事、述说思念、倾心关怀。你一句我一句，配合得十分默契，从拥抱开始，到相拥而眠，一切现实里的活动都在语言里完成了。

　　在这濡湿而拥挤的城市里，星期一的早晨有很多车祸发生。

图书馆立交桥下发生车祸时，伤者的手里还拿着抄写药方的稿纸。伤者叫刘恩铭，造船厂退休副总工程师，今年六十九岁。子女赶到医院时，刘恩铭的大腿被打上了石膏。儿子问他想要点什么，他说，把家里的电脑给我拿来。儿子知道在医院不能上网，不过，他还是跟护士长提出这个要求：老人退休以后很郁闷，为了调节他的情绪，我就给他安装了一些电脑游戏。开始，他打了一阵子游戏，后来自己就开始上网，从去年春天开始，他的精神状态越来越好，过去严重的高血压、糖尿病稳定了，说你都不信，他白发根有变黑的迹象……以前，没到周末，他就分头给我们打电话，现在，我们去他那儿，到了晚上六点，就赶我们走……无论儿子怎么说，护士长都直摇头，说医院的规矩不能破，再说，医院也没有无线网络。

没办法，儿子只好去做刘恩铭的工作。从那天开始，刘恩铭就沉默起来，整天一句话也不说，眼睛里漫着无边无际的岁月。

星期一的晚上，紫荆早早地打开了电脑，她事先还编了一个有趣的故事，想等蓝鸽儿来的时候贴上去。七点到了，蓝鸽儿没来……一直等到十点，蓝鸽儿还是没来。那一夜，紫荆失眠了。紫荆在给蓝鸽儿留言：你怎么啦？有事情吗？你应该告诉我一声啊。我等你等得好苦！

第二天，蓝鸽儿还没有出现。第三天，紫荆写道：哥哥，你到底怎么啦？我开始为你担心了。你不会有事儿吧？我每时每刻都在盼着你，等你！

第四天、第五天……一个月过去了，蓝鸽儿还没有出现。紫荆每天都在电脑旁等待着，每天都给蓝鸽儿留言。第三十天的时候，紫荆说：你答应我永远不消失的。你快出现吧，我已经坚持不住了……

那天晚上，财贸学院家属楼来了一辆救护车，医生匆忙上楼，把心脏病急性发作的退休教师姜敏送到市中心医院。姜老师的女儿在英国工作，她赶回来的时候，姜敏已经上了呼吸机，一直处于抢救状态。邻居对姜敏的女儿说，奇怪了，一年来，姜老师一天比一天精神，脸上的皱纹也少了。只是没想到心脏病发作了……

刘恩铭在医院里熬了一个月，回家第一件事儿就让儿子把电脑架在床前，然后，把自己关在房间里上网。刘恩铭一条一条地翻着紫荆的留言，泪水逐渐溢满眼眶。最后一篇留言这样写道：蓝鸽儿，请允许我再叫你一声哥哥。其实，我知道这一天迟早要来的。尽管我可以找许多理由阻止它，可它总是要来的。也许你已经感觉到了，是的，我的确不是二十七岁的少妇，而是六十七岁的老妪，年龄是虚假的，但请你相信，我的情感是真实的。紫荆也是真实的，不过，她是年轻时候的我，我尝试着重新回到青春岁月，我几乎要成功了……我们在一起的日子里，我已经忘记了年龄，仿佛回到了青春岁月，那种幸福感无以言表……可惜，人不能绝对地生活在精神世界里，我知道，你一定看穿了我，所以才不理我，才消失得这么彻底。我不怨你，真正需要原谅的是我……我对你永远都是感激的，谢谢你，你使我的生命有了色彩、有了意义……

刘恩铭伴着泪水给紫荆写了一封信，他在信里告诉紫荆，他也不是二十九岁，而是六十九岁的老翁。同紫荆一样，蓝鸽儿也是年轻的自己，而且，感情也是真实的。……刘恩铭是那么盼望晚上七点的来临，他想告诉紫荆他出车祸的经历以及这段时间对她的思念。

七点到了，紫荆没来。一直到十点，紫荆也没出现。

从那天开始，蓝鸽儿天天给紫荆写信，天天等紫荆出现，紫荆却再也没出现。蓝鸽儿如大漠中的一只孤雁，凄厉地呼唤。

刘恩铭从医院回家两周后，他的血压升高，到第十八天的时候，突然晕倒，再次被送到医院，医生的诊断是脑干出血。

刘恩铭被送到医院的太平间。太平间里，姜敏正安详地躺在那里。姜敏是下午三点因心肌梗死去世的。日光灯下，空落落的太平间就他们两人，他们两人都沉落在寂静之中。

如果他们都活着，他们会相认吗？

邮递员的东方

我和初恋女友分手很长时间了，想不到我还和她父亲董师傅保持着联系，后来几乎成了分别一个月就惦记的朋友。那天晚上，我和他喝了很多啤酒，我让他陪我去他家对面刚刚完工的建筑工地，我说我要买那里的房子。董师傅说现在买吃亏，同一地段，房价高五倍。他是用他家房子和我即将首付的房子做比较的，其实两者差异很大：新房子是框架结构，有电梯；老房子是砖混的，没电梯。新房子的外墙立面是大理石的；老房子贴的是瓷砖。环境也不一样，新小区移植很多名贵的树木和花木，况且，新房子是精装修。我在七号楼下尿了一泡尿，他站在后面看着我，也开始解裤带。我"激灵"一下身子，提着裤子对他说：这里是我的领地了！

　　董师傅身边的金毛狗跑过来，嗅了嗅，准备尿尿。董师傅厉声大叫：东方、东方！不许胡来！

　　很显然，董师傅把我的酒话当真了。买房子需要的是真金白银，如果尿尿可以圈来房子，我发誓，我一定把这一片楼房都尿个遍。

　　回到小酒馆之后，董师傅又要了白酒。我说掺酒不好，容易醉。他说没事儿。正如我所担心的，没多大工夫，他就醉眼迷离，拉着我的手说，你知道我是怎么把、把东方追到手的吗？董师傅说的东方叫蔡东方，也就是我初恋女友的母亲。那时候董师傅是邮递员，蔡东方的对象是在遥远的地方，他们每周都要鸿雁传书，而董师傅必须风雨无阻。这样，董师傅和蔡东方就熟悉了。蔡东方每周见到对象情书，同时也见到了董师傅本人。一年半之后，情况发生了变化，蔡东方决定嫁给董师傅。董师傅喷着酒气说，奥秘就是我对她太熟悉了，她在我面前没有秘密。我吃惊地看着董师傅，董师傅说，那次她发高烧、昏迷不醒，我当时没有邪念，只想救人，就用白酒给她擦遍全身。后来她清醒了，就用胳膊把我的脖子搂住了……

董师傅是我搬进新房子那年冬天走的，第二年春天，我在楼上看到一个熟悉的身影，是蔡东方。

这里要交代一下。我的女友董芳留学四年之后嫁给一个比我大七岁的男人，后来她的混血女儿出生，蔡东方就去国外照顾外孙女，把董师傅一个人扔在国内。董师傅去世时我只见到了我的前女友董芳，那是在海风阵阵的民用码头上，董芳头缠纱巾，怀里抱着董师傅的骨灰盒。按照董师傅遗嘱，他的骨灰要撒到大海。我眼含泪水，向登上民政专用艇的董芳行注目礼，那天，我没见到她母亲，也不便问什么，其实那次见到董芳，她只跟我说了两个字：谢谢！

我来到蔡东方身边，她正为一株小树清理杂草。大概是我碰到了那棵小树，蔡东方大声喊：别撞我的老董。我吓了一跳，那是一棵银杏树。我上下看了看，才发现小树上挂了一个木牌，上面写着：董学森。董学森是董师傅的名字。

我似乎明白了，可明白的同时也糊涂了，那棵树的旁边还有一棵小一些的树，上面挂的木牌上写着：东方。蔡东方大概看出我的疑惑，慢慢地说，我不在国内是东方（宠物狗）陪着老董，东方也走了，就埋在这树下。我点了点头，说我明白了，那棵树是金毛哇，阿姨您真有心哪。蔡东方说，不，那也是我，等我走的时候，也把骨灰撒到海里，然后就回到这里陪着老董。我心里一阵难过，说不出话来。还是蔡东方打破了沉默，她说阿姨拜托你一件事儿，如果赶上我不在国内，麻烦你帮我照顾老董和我好吗？我突然觉得有些害怕，还是勉强点了点头，说我会的。

事实上蔡东方并没有出国，我在楼上经常可以看到她的身影，她的身体大概不太好，佝偻着身子，行动缓慢。我也在二十五层空空荡荡的房子里叹息着，经过十年努力，我搭好了梧桐树，却没引得凤凰来。

下雪那天，门铃响了起来。我拉开门一看，蔡东方站在门口儿。蔡东方说，阿姨就要出国了，拜托你的事儿……我连忙拉蔡东方进来，让她进屋再说。

进屋之后，蔡东方四下打量，赞叹着，这房子真够气派的。我苦笑一下，本想说，当初我对董芳承诺过的，可惜，时过境迁了。我转换一个话题，问她什么时候走，蔡东方说后天早晨的航班，董芳又生了，得去伺候月子。我迟疑着问，董芳她，还好吗？蔡东方瞅了瞅我，转过脸去，说还行吧。……你怎么还一个人？她问我。我说可能缘分没到吧。蔡东方说，可惜呀，你没给董芳当邮递员哪。我愣住了，我说阿姨呀，你不是想让我选择邮递员职业吧。蔡东方说，我说的是感情上的邮递员，其实董芳的心我知道，她也是邮递员的"东方"。

526 路 公 交 车

我第一次来月经的时候听到了526路公交车的事儿，那个时候526路还没改线路，走的是老城区那条线，路过毛纺厂和铁路司机学校。事故大概发生在黄昏时分，当时的公交车还是柴油机的，跑起来突突突突的，公交车到了毛纺厂铁道专用线交叉口的时候不知道什么原因熄火了，正巧这个时候几节运载物资的火车气喘吁吁地开了过来，哐当一声公交车被拦腰撞击像崩裂开的香肠一样，事后有人说车上二十八人，死了二十五人，也有人说车上二十四人，死了二十四人，比较一致的说法是八名业余文艺宣传队的骨干全部遇难，其中五个女孩都刚刚初潮，正值豆蔻年华。

我介绍一下我自己，我叫静怡。

现在，我女儿也到了遇见"大姨妈"的年龄了，有一天她跟我说广播电台午夜节目播鬼故事说的就是咱家门口的事儿，说当年526路公交车在毛纺厂的交叉口出了大事故，一车人全部丧生。后来毛纺厂停产了，那个交叉口也废弃了。那个地方成了堆积废旧物品的场地，但是有很多目击者称，他们在阴雨天的傍晚看到已经淘汰了的老式公交车出现在那里，随着一声霹雳震响之后就是鬼哭狼嚎的奇奇怪怪的声音，后来听说有人去那个地方祭奠过，也请横山寺大和尚做过法事。

不信你到网上查一查！是个很有名的鬼故事，我说的是真的。

我对静雅说，既是故事就不要较真了，那些东西听多了不好，时间长了你一个人都不敢在房子里住了。

女儿说，我不信鬼不信神，只当着消遣娱乐了。

我端起水杯喝了口水，然后把下午剂量的橘红色、蓝色药粒儿吃了。这样就好，这样就好！我所以碎碎叨叨还不都是为了你。

静雅礼貌性地对我笑一下，露出一对深酒窝，那酒窝跟我十分相像。

说起来，我也不相信什么鬼故事，不过坐526路公交车的时候不免还是有些联想，那些奇奇怪怪的想法像阳光下跟随你的影子，不注意也就罢了，一旦注意了你会发现影子很麻烦，甩也甩不掉。

星期四起床，我觉得小时候摔伤过的腿有些酸痛，本来不想出门，想到有线电视已经停了，不去缴费房间里就没有了声音没有影像，还有水费电费和煤气费也该交了，辛苦点就辛苦点吧，就这样我拿了一把紫花的折叠伞出门，坐上了526路公交车。

还好公交车里的人不算多，没有平时那么拥挤，我居然得到一个座位，那个座位在前部第二排，车窗玻璃雾蒙蒙的看不清外面的景色，只挂着游动的小蝌蚪般的水珠儿。

车体摇晃着颠簸着，我也不知不觉垂下头来昏昏欲睡，随着一个突然的晃动，我睁开眼睛，现在，车速很慢，车身发出呼呼隆隆的声音像人的气管里有痰残留一样。

我觉得好奇怪呀，车厢里怎么会变了模样呢？窄小了方正了朴素了陈旧了，立柱不是发亮的白钢而是剥落油漆的白色，椅子也变了，不是硬塑的坐垫儿竟然是木条儿的。

一个梳五号头的售票员走到我身边，同志，你还没买票！我目瞪口呆，车上都是自动售票机，上车时我已经刷了公交卡，什么时候蹦出来个售票员呢？

我已经买过了。

买过了？拿出你的票给我看看，我现在验票！我拿出公交卡，我说我上车的时候已经打过卡了。

售票员笑了起来，和车里的人交换着眼神儿，我听到车里人在哄笑在议论。

我回身巡视一下车里的乘客，觉得更加奇怪了，车里大多是年轻人，而我记得上车时见过的大多是享受免票的老年人，虽然我没有刻意去观察和记忆，但我的记忆应该不会出大格儿，怎么一下子都换了年轻人呢？更奇怪的是人们的穿衣打扮都回到了过去那个年代，蓝的卡其色裤子绿色的确良上衣还有白色衬衫，那些衣服洗得发白起毛，有的领口和胳膊肘还打了补丁——我这是在梦里吗？我使劲掐了自己胳膊一下，很疼！我没在梦境里那我在哪儿呢？我在 526 路公交车上，没错，我的确在公交车上。

售票员突然不笑了，她会不会认为我精神有问题？从她严肃的表情我可以看得出来。

逃票你已经犯错了，再抵赖狡辩属于错上加错！售票员大声说。

被无端指责和冤枉我心里愤愤不平，我理直气壮地和售票员争论起来，本来我没错我有理，可令我困惑和不解的是不知道为什么车上人都站在了售票员一边，还讲不讲公理呀？我更加生气，与他们的争吵愈加激烈。

越来越多的乘客加入进来，纷纷劝导我指责我谴责我，上升到了思想意识政治品质个人素养等层面，甚至对我进行谩骂吐口水，开始人身攻击。

我满头大汗浑身发软从座位上滑落下去，蹲在座位窄小的空当里，我双手抱头，高声地歇斯底里地尖叫起来。

据公交公司退休的老人回忆，1976 年，526 路公交车的确发生过特大事故，当时很多人都为一对漂亮的双胞胎女孩惋惜，姐姐叫静怡妹妹叫静雅，她们笑起来脸上有一对好看的酒窝。

天鸡壶

前天晚上，我刚爬进被窝，就被门铃声催促又爬了出来。透过对讲门铃，我问谁呀？我！我又问了一遍，楼下说，是我！

春天乍暖还寒，房间里比室外阴冷。我披了件冬天穿的大衣，吸着鼻子对他说，我不太舒服，要喝茶你自己烧水吧。他去烧水沏茶，随手还帮我归拢了大概看不下眼的杂物。

这么晚来了，有重要的事儿吧，我问。他说倒也算不上重要，拍卖行的找我……我说等等，拍卖行的为什么找你？他说可能知道咱俩的关系吧。见我不说话，他接着说，拍卖行一个自称元董的人找我……"不是宋董吗，怎么又来了个元董？"我插话。他说我不知道，反正找我的人说他姓元，名片上也是这样印的。我说这些人也真是的，我明确表态了，他们怎么还黏黏糊糊呢。

现在宝贝在你手里，他语气坚定地说。我说对。他说陈鸣远是继时大彬之后的一代名师，传世的老东西不多，康熙年间，京城就有"海外竞求鸣远碟"的说法。我说这个我知道，他除了技艺精湛，还有晋唐之风，都是你跟我交代的。他说尤其这把天鸡壶，可谓世间绝品，其实，早在魏晋就有鸡首壶，到了陈鸣远手里，推陈出新了。我说我知道宝贝重要……喀、喀……他说你不要紧吧？我说没事儿……我没打算拍卖。他说，你这样说我宽心了。说着，他走过来，给我披了披滑下去的大衣。

昨天早晨醒来，阳光白晃晃的直刺眼睛。我呆坐在床上，反反复复想他说的那些话。

事实上，早在我出生之前，很多人就知道我家有祖传宝贝，我爷爷是老中医，到了父亲这一辈儿没传下来，据说父亲小时候很叛逆，他要成为新社会的劳动者，一直到了三十二岁才学了一门手艺，做豆腐。好在爷爷留下一件传家宝让他心里有了底气，一辈子也算平平安安。他和母亲都是八十高寿逝世。后来，传家宝传到我的手里。

父亲去世前跟我多次讲传家宝多么重要，让我"穷死也不能卖"，一定要传给下一代。其实我对这个传家宝还是怀疑的，尽管我从没说过，内心的疑问随着父母的离世成了无解之谜。

我的怀疑只是零散的片段，麻烦在于它们之间构成不了完整的逻辑链条，就像一丝一条的碎布，缝起来也不是件完整的衣服。比如我九岁那年，后院的豆腐坊失火，当时父亲不在家，他拉车去城里送豆腐。母亲怕火灾连祸到老屋，带着我慌慌张张地从屋里往外搬东西，第一批搬的是一个包袱、一个灰蓝色布巾包裹的盒子，我则拖拉着家里仅有的半袋玉米面。不想忙中出错，母亲在院子里脚下拌蒜，斜身摔倒在地。我听到器皿摔碎的声音，母亲也一定听到了，她坐在地上，脸色苍白，两眼发直，始终没打开包裹。过了好一会儿，母亲扶着腰对我说，没事儿，东西没摔坏，人也没摔坏。在邻居的帮助下，豆腐坊的明火很快被扑灭了，火并没有蔓延开来。父亲是天色将晚的时候来家，他回家之前，我看见母亲鬼鬼祟祟的样子，一只手拿着铁锹，一只手拎着灰蓝色的布包，她去了后院的河套。我发现，那个布包已不再是方形，没错，我印象十分深刻。十二岁那年，父亲连续几周都带我去逛旧货市场，他面孔阴沉，间或唉声叹气，有一次终于发现地摊上一把可心的紫砂壶，他和买主讨价还价好几个礼拜（一周一次），最后那次我没跟他去。我只知道，从那以后父亲再也没去旧物市场，紧锁的眉头也舒展了。我到城里上重点高中那年春天，小镇遭遇到据说是百年不遇的水灾，我家离河套近，房子被大水拦腰泡上了。我傍晚才赶回小镇，在临时救助帐篷里，第一眼就看到一脸污垢的母亲，她坐在叠起的被褥上，怀里抱着灰蓝色布巾包裹，那个包裹棱角分明。夜半时分，半梦半醒之间我听到母亲轻轻地抽泣，母亲断断续续地说，现在什么都没了，以后的日子可怎么过呀。父亲吧嗒吧嗒抽烟，没说话。母亲说，他爸，不行咱把家里这个老物件卖了吧。父亲说话了，他说现在还不是没饿着吗？母亲说可是水退了之后，咱不盖房子吗？父亲说这个不用商量了，只要饿不死就不能卖祖传的宝贝，就是饿死了，也不应该卖祖传的宝贝……

父亲去世后，我查了资料。谁说祖传的就一定是真的？民国时有人专门制作仿品。这样说来，排除掉父亲和母亲分别偷梁换柱的可能，也不排除爷爷收藏的东西原本就是赝品。

可是，如果那把天鸡壶是假的，父亲和母亲为什么都坚信是祖传的宝贝呢？是时间久了他们自己都信了，还是在艰辛的生活中寻求支撑的心理安慰……想到这儿，我似乎理解到什么，只是没多久，我自己又不肯定了。

今天阴了一天，小雨断断续续。中午就上床，闭上眼睛，我希望他能再次来跟我絮叨。上次之所以心里没难过，是因为处于他还活着的情景中，当我从梦中回到现实才意识到，自己应该对父亲说，我心里真的想念他。并且，我还要清清楚楚地告诉他：放心吧，祖传的宝贝，穷死也不卖！——可惜，他没出现。

突然，门铃响了，我连忙跳到地上，透过对讲门铃，我问是你吗？是我呀。楼下说。声音不对呀。是老爸吗？我追问一句。我是老宋，拍卖公司的老宋啊。我连忙把对讲电话挂上了。门铃声持续响着。我没好气地问：您找谁？楼下说：我找光耀先生。

我说：他不在！

楼下问：那您是谁？

做一顿光秦大餐

师兄：知道我为什么给您写这个邮件吗？为什么不用电话、不用 QQ、不用微信，尤其是不面谈呢？您大概猜测到我不高兴了，为什么不高兴？下面是我列出的一些问题，都是围绕您所谓的"先秦大餐"的——我不明白，您为什么把这个聚餐叫作"先秦大餐"呢？

最初你跟我说要做一顿先秦大餐，你为什么没有把你的全盘计划和内心真实的想法告诉我呢？

您对聚餐做过精心的设计吗？为什么邀请人中有我？而且我是唯一的一位女士？

您请岩下惠和朴宪正我可以理解，但请彼得诺维奇参加用意何在呢？

——我这样追问，您会用"就是一次普通的聚会罢了"来搪塞，但那绝对不是您内心的真实想法，对不对？

开席时间是七点五十八分，一个留学生同学聚餐，用得着选黄道吉时吗？

开场时您的祝词很正式也有些冠冕堂皇，通过尝试做先秦食物来寻根，传播传统文化可以理解，但说它代表了中国传统饮食文化是不是有些以偏概全？

还有，您说"你和我"，其实我什么都没做，我不是不能做，事先，您没有告诉我您的意图和设计，我不明确自己要做什么。既然我什么都没做，您为什么要捆绑上我呢？

所以说您做的几个菜代表不了先秦大餐并没有委屈您，您不承认吗？

您一共做了四道菜：生鱼片，烤肉串，腊肉炒西红柿，腌制醋萝卜。你说这是先秦的"脍""炙""腊""齑"，但这些只是先秦饮食的一部分，不是吗？

下面我们来具体分析一下：首先是"脍"，生鱼片您用的食材是三文鱼和金枪鱼，先秦有这样的鱼吗？还有，生吃鱼，古人叫"鲐"而不叫"脍"，当年，周宣王用鲤鱼鲐宴迎吉甫北征得胜归来。生吃牛、羊、鹿、麋肉才叫"脍"，以您的知识和学识，是不是不该犯这么低级的错误？

还有"腊"，您的腊肉西红柿。西红柿明代时才传入中国，一直作为观赏性植物，到了清末，我国才有人吃西红柿。这个您不知道吗？

"齑"应该是"菹"，就算它们是一类，"齑"也是捣碎了的腌菜，你的腌萝卜也有问题，萝卜是宋之后的食物吧？

您是看不惯韩国和日本一些民粹的自大言行，想告诉朴宪正和岩下惠，韩国的烧烤、辣白菜，日本的生鱼片的祖先都是中国，对不对？

其实我猜出了您的用意，也理解和支持您的想法，但是这里有两个问题：一是表达要精确（我上面已经指出问题了）；二是问题要研究透彻，我不知道您对同一时期韩国日本的饮食做过比较研究没有？

比以上两点还关键的是：您做的菜为什么突然不好吃了？

也许从几个食客的角度来说，他们仅仅是来享受美食，对其他的并不关心，您是不是枉费了心机？

当然，在享受美食的过程中了解到美食文化是好事儿，但食物不美，美食文化从何谈起呢？

所以，我认为您这次的"先秦大餐"效果并不理想，这样去传播传统文化是不是适得其反呢？

师妹：本来不想给您回邮件的，一直到晚上十点我还在不停地告诫自己"忍住"，可打开电脑就觉得情绪难平，写了这个回复，这次是不是您真的惹怒了我？

的确，"先秦大餐"是我有意设计的，含义您也明白了，岩下惠、朴宪正以及彼得诺维奇他们都是自我感觉很好的人，我就是要给他们上一堂生动的教育课。是的，我有强烈的民族主义意识，这有错吗？

说到食材，这个您完全不必去挑剔，我们身处异国他乡，能买到这些东西已经很不容易了。另外，我不是专业厨师，口味也不必吹毛求疵吧，我追求的是口感之外的社会意义，您真的不明白？

您说古人吃生鱼叫"鲐"而不叫"脍"，这个不对，《礼记》记载"脍，春用葱，秋用芥"，还有，孔子说的"脍不厌细"并不单单指牛羊肉吧，也包括鱼肉，您是不是也犯了以偏概全的错误？

关于烤肉，《仪礼·公食大夫礼》记载，下大夫烤牛、羊、猪肉，上大夫还要加上各种鸟，《诗经·小雅·瓠叶》有云："有兔斯首，炮之燔之。"我告诉岩下惠和朴宪正我们是烤肉的祖先有错吗？

还有，您说萝卜是宋之后的食物，这个完全不正确，东汉大饥荒，桓帝曾劝民众种蔓菁为食，蔓菁，乃萝卜也，以您的古文化底蕴做出这样的误判，是不是很奇怪？

总之，您对我"先秦大餐"实际效果的怀疑（指责？）我觉得没有什么道理，请您仔细想想，我还诚邀您参加聚会，您不致谢也就罢了，还劈头盖脸修正我一番，有必要这样吗？

随便告诉您，儿子今天上午跟我视频了，他也提到"先秦大餐"的事儿，我知道您跟他说了这件事儿，您这样做，觉得有意思吗？

津子围的讲述方法

——评津子围的三篇小小说

孟繁华

津子围是著名的小说家，他创作过许多脍炙人口的小说。特别是长篇小说《口袋里的美国》《童年书》等，是新世纪中国长篇小说的重要收获，在批评界曾引起热议。他也创作了数量可观的中、短篇小说。但他写小小说我还是第一次看到。小小说是一个特殊的小说样式，新世纪以后有长足发展，特别是在《小小说选刊》的推动下，这一小说样式有广泛和相对稳定的读者群体。许多名家都曾在这里一试身手。小小说有它的特殊性这无须赘言，但小小说首先也必须是小说，必须具备小说的基本要素。但有一段时间，小小说有"走偏"的趋势。很多小小说像社会流行的"段子"，或者像相声的片段。一则笑话、一个"包袱"，都可以演绎成一个"小小说"。这应该不是小小说的正途。

津子围的三篇小小说：《写作课》《1974 年天空的鱼》《天鸡壶》，是三篇有探索性的作品。《写作课》采用故事叠加的方法，抑或说，是故事套故事的写法。写作班学员小迪构思了一篇小说《阴魂不散》：一个女孩得了奇怪的病住院，她头疼欲裂但找不到原因，一周后不治自愈，同时有了特异功能，可以支配自己的意识钻到任何人的身体里，体验男性的激情、富人的挥霍、权力的威严；她有了性、金钱、权力的体验之后，觉得不过如此。于是，她再次进入这些人的身体后，一改挥霍为慈善；为所欲为为维护正义、主持公道、遵纪守法；享受性欲为相互理解。而小迪曾经患过的疾病也不治自愈。李大爷自以为自己听懂了这个故事并且向保安炫耀。李大爷误读了小迪的小说，是他不知道小说为何物。这是一篇典型的写"不可能事物"的小说，它与现实没有逻辑关系，也没有同构关系。好小说都应该是这样的。

《1974年天空的鱼》，应该是一篇荒诞的讽喻小说。变换的讲述者或者转述，让小说更加生动和"真实"。惯于恶作剧的父亲，在1974年7月的一个星期天无所事事地仰望天空，然后陆续有十多个人跟着仰望天空并且议论看见了什么。接着是人挤人、发生口角甚至诉诸武力。父亲悄悄离开人群，人们仍在仰望天空。更荒诞的是，那天回家的母亲也向父亲绘声绘色地讲述，她也向天空仰望，并且看到了天空的鱼。从众，是一种非智性行为。但从众可以像急性传染病一样迅速蔓延并将虚幻的事物"事件化""事实化"。小说在漫不经心的谈笑间，构建了一个看似喜剧实则悲剧的故事。《天鸡壶》是一则写"念想"的故事。天鸡壶是一个祖传的宝物，是世间"绝品"。家里失火母亲抢救天鸡壶乱中出错摔了一跤。父亲回家之前，母亲将其埋在了河套。但包袱的形状显然发生了变化，那天鸡壶还会是完整的吗？然后就是父亲不断逛旧货市场，直到他买了一把紫砂壶后，他紧锁的眉头才舒展开。这是一个偷梁换柱的故事，但是，很可能先前就是一个"以假乱真"的故事——那把天鸡壶先前就是赝品也未可知。但是，真假不论，它"支撑"着一家人的精神是真的。而且，"真的"的天鸡壶已经在社会流传——一个真真假假的社会就这样被构建了。

津子围的这三篇小小说，各有讲述方法，但都有探索性。可以相信，如果小小说都有这种勇于探索的劲头，那么，这个文体将会有更大的发展。

　　孟繁华：沈阳师范大学特聘教授，中国文化与文学研究所所长，中国当代文学研究会副会长，北京文艺批评家协会副主席，辽宁作协副主席。曾获鲁迅文学奖理论批评奖、第十一届华语文学传媒大奖"年度文学评论家"奖、中国社会科学院优秀理论成果奖等多种奖项。